FORCE D'ÂME

J. KENNER

AUTEURE DE BEST-SELLERS CLASSÉS AU NEW YORK TIMES

DU MÊME AUTEUR

Délivre-moi

Possède-moi

Aime-moi

Comble-moi

Prends-moi

Joue mon jeu

Sur tes lèvres

Sur ta peau

À tes pieds

Séduis-moi

Surprends-moi

Retiens-moi

Tout contre toi

Tout pour toi

Protège-moi

Damien

———

Apprivoise-moi

Tente-moi

———

Te désirer

T'enflammer

T'envoûter

En mille éclats

Dans ton ombre (prequelle)

En mémoire de nous

En demi-teinte

En haute voltige

En ton nom

En plein cœur

———

Droit au cœur - Mister Janvier

Vague à l'âme - Mister Février

Raison d'être - Mister Mars

Coup de sang - Mister Avril

État d'âme - Mister Mai

Droit au but - Mister Juin

Au beau fixe - Mister Juillet

Diable au corps - Mister Août

Cri du cœur - Mister Septembre

Corps à corps - Mister Octobre

État d'esprit - Mister Novembre

Force d'âme... - Mister Décembre

―――――

Mon Ange Déchu

Mon Doux Péché

Ma Cruelle Rédemption

―――――

Qui sera votre Homme du mois ?

Lorsqu'un groupe d'amis à la détermination farouche apprend que son bar préféré risque de fermer ses portes, ils prennent les choses en mains pour faire revenir les clients séduits par la concurrence. Investis d'une énergie vibrante, ils ripostent sous la forme d'épaules larges, de tablettes de chocolat et de torses nus : ceux d'une douzaine d'hommes du coin qu'ils tentent de convaincre, par la douceur et par la force, de participer au concours de l'Homme du mois pour leur grand calendrier.

Mais le sort de leur bar n'est pas le seul enjeu. Au fur et à mesure que la température monte, chacun des hommes va rencontrer sa moitié dans cette série de douze romances sexy et légères que vous ne pourrez pas lâcher jusqu'à la dernière page, sous la plume de J. Kenner, auteure de best-sellers classés par le New York Times.

— Chacun de ces tomes aborde une intrigue qu'on adore retrouver dans les romances – la belle et la bête, le bad boy milliardaire, l'amitié transformée en amour, l'histoire de la seconde chance, le bébé secret et bien plus encore – pour une série qui touche au cœur et à

FORCE D'ÂME

Traduit de l'anglais par Esther Dujolier pour Valentin Translation

UN

ELENA ANDERSON REMONTAIT *CONGRESS*
Avenue à toute vitesse, évitant les piétons, les musi-
ciens de rue, et un groupe de collégiens guidés par un
professeur à l'air inquiet et quelques parents venus les
accompagner.

Elle fut ralentie par la foule qui retournait
travailler après le déjeuner, puis poussa un soupir de
soulagement lorsque, enfin, elle atteignit la sixième
rue. Encore quelques minutes, et elle allait pouvoir
annoncer les deux nouvelles qu'elle avait. D'ailleurs,
elle ne savait pas si elle avait davantage hâte d'annoncer la bonne ou la mauvaise nouvelle...

Reprenant son souffle, elle se força à ralentir le pas,
repensant à ce qui s'était passé et à ce qu'elle avait

appris. C'était à la fois une opportunité pour son père et son bar, le *Fix*, et une occasion manquée pour elle.

Mais ne disait-on pas qu'à chaque chose malheur est bon ? Certes son patron venait de la faire dégringoler, mais pour son père, cela allait s'avérer être une chance incroyable.

— Allez, reprends-toi, Elena, se dit-elle, trop fort apparemment, car une femme en talons la regarda comme si elle était folle.

Elle lança un sourire à la femme et accéléra de nouveau le rythme, de sorte qu'elle était essoufflée lorsqu'elle ouvrit la lourde porte d'entrée en chêne du *Fix*.

Elle avait encore du mal à croire que cela ne faisait que quelques mois qu'elle avait quitté San Diego pour venir à Austin et retrouver son père. Et elle avait encore plus de mal à réaliser qu'elle avait un père, après qu'elle et sa mère aient cru, pendant près de vingt-trois ans, qu'il était mort – le résultat d'un mensonge de la part de son grand-père qui n'avait pas jugé Tyree assez bien pour sa fille, Eva.

Elena avait été terriblement en colère lorsqu'elle avait appris la vérité. En colère contre son grand-père. En colère contre le monde entier, y compris contre sa mère et Tyree, d'ailleurs, qui n'avaient pas su découvrir la vérité plus tôt – même si, au fond, elle avait compris qu'ils n'auraient pas pu le faire à moins d'être magiciens.

Elle s'était vautrée dans cette colère pendant quelque temps, jusqu'à ce qu'elle décide que c'était inconfortable et contraignant, comme porter une robe trop moulante. De manière générale, elle était une personne optimiste, et cette colère qui jaillissait du passé se dissipa rapidement, laissant place à ce que sa mère avait toujours décrit chez elle comme une joie de vivre chevillée au corps.

Lorsqu'elle avait découvert que son père n'était pas mort, elle ne savait presque rien de lui, à part son nom – Tyree Johnson – et le fait qu'il avait servi dans la marine. Mais, grâce à Internet, elle avait retrouvé sa trace, notamment grâce à un article qui annonçait l'ouverture de son bar, à Austin, au Texas. Il y avait eu une photo, et elle avait tout de suite reconnu son visage – c'était le même que celui qu'elle avait sur un polaroïd que sa mère avait pris de lui et qu'Elena avait toujours gardé précieusement sur elle.

Elle était alors venue à Austin, avec le rêve de retrouver son père et de faire sa connaissance. Elle avait également espéré que la romance entre ses parents reprendrait son cours. Elle avait toujours cru aux contes de fées...

Et il faut croire qu'elle avait eu raison d'espérer

car, seulement quelques mois après sa première visite à Austin, elle avait non seulement renoué des liens avec son père, Tyree, mais lui et sa mère s'étaient remis ensemble. Elle avait même gagné un demi-frère au passage, un enfant formidable qu'elle adorait. Elle était devenue tellement proche de son père, que c'était comme s'ils n'avaient jamais été séparés.

Tout cela était la preuve que tout était toujours possible. Cette fois encore, elle était certaine que la chance serait de son côté : le fait de perdre son travail n'était pas un drame, mais au contraire une chance d'en trouver un autre, encore mieux ! Et puis, elle allait aider Tyree à faire tout ce qui était nécessaire pour faire du *Fix* le bar le plus populaire d'Austin.

À deux heures de l'après-midi, le bar n'était pas très bondé. Quelques clients étaient encore installés à des tables, mais elle les remarqua à peine en entrant. En revanche, elle remarqua immédiatement Brent. Comment aurait-elle pu ne pas le voir ? Il était de loin le plus bel homme qu'elle ait jamais vu, avec son corps athlétique – grand et élancé – ses larges épaules, et ses bras ciselés. Elle ne l'avait jamais vu torse nu, mais elle l'avait suffisamment vu dans le t-shirt noir portant le logo du *Fix* pour imaginer les muscles tendus de sa poitrine et ses abdominaux dessinés. Son visage carré, ses traits fins, et ses yeux bruns pétillants la faisaient fondre chaque fois qu'elle le croisait, tout comme l'amour qui se lisait sur son visage lorsqu'il regardait sa fille de cinq ans.

Malgré cela, elle s'efforçait de ne pas succomber à l'attraction qu'elle ressentait pour lui. Elle était jeune et entamait à peine une carrière. Elle n'avait pas besoin de se caser avec un homme plus vieux qu'elle, installé dans la vie, et avec une fille en bas âge. Elle avait envie d'aventures. Il lui restait encore deux ans d'études supérieures à Austin, et, après cela, tous les horizons lui étaient ouverts. Avec la branche qu'elle avait choisie – l'urbanisme – elle pouvait travailler à peu près n'importe où. Même en Europe ! Une perspective qui la rendait folle de joie.

Alors, même si, parfois, elle mourait d'envie de succomber à son attirance pour Brent, elle savait que cela aurait été une erreur. D'abord, lui ne semblait ressentir aucune attirance particulière pour elle, et, ensuite, il avait dix ans de plus qu'elle, sans compter qu'il était l'un des meilleurs amis de son père...

Non, décidément, elle devait garder ses distances et la tête froide.

— Qu'est-ce qui ne va pas ? lui demanda Brent, inquiet, en la voyant débarquer dans le bar, en trombe.

Malgré ses résolutions, le simple fait qu'il s'adresse à elle la troubla plus qu'elle ne l'aurait souhaité. Elle se ressaisit néanmoins, en tournant son attention vers son père.

— J'ai besoin de te parler, dit-elle à Tyree. Et à toi aussi, ajouta-t-elle en direction de Brent, espérant qu'elle avait l'air aussi naturelle que possible. C'est à propos du bar et du Centre d'Austin pour la conservation et la revitalisation du centre historique. C'est important, conclut-elle d'un air grave.

— Bien sûr, dit Brent, jetant un coup d'œil vers Tyree. Nous pouvons parler maintenant.

Il fit signe à Jenna et Reece de suivre, et Elena s'en voulut immédiatement. Elle était si pressée qu'elle n'avait même pas fait attention aux autres, notamment Jenna et Reece qui étaient les meilleurs amis de Brent.

Elle ne connaissait pas toute l'histoire, mais, de ce qu'elle savait, Jenna, Reece et Brent étaient amis d'enfance, et Reece et Jenna avaient toujours été plus ou moins amoureux l'un de l'autre jusqu'à ce qu'ils se mettent ensemble, des années plus tard.

Elle n'avait pas non plus remarqué Griffin et Beverly, en arrivant. Elle découvrit qu'ils avaient l'air d'être ensemble, ce qui la fit sourire intérieurement. Elle savait que Beverly avait été attirée par Griffin depuis des mois, mais que Griffin gardait ses distances. Victime d'un accident lorsqu'il était enfant, Griff était brûlé au quatrième degré et avait de nombreuses cicatrices sur le visage et le corps qui l'empêchaient de s'ouvrir aux autres. Beverly, en revanche, était une célèbre actrice de cinéma absolument magnifique et pétillante. Elena devait admettre qu'elle avait douté que ces deux-là finissent un jour ensemble, mais, de toute évidence, elle s'était trompée. Elle se sentit heureuse pour eux, même si cela lui rappela qu'elle était célibataire et lui donna soudain envie de vivre une histoire avec Brent.

Elle chassa immédiatement ces pensées de son esprit, puis adressa un rapide sourire à Beverly, avant de suivre Tyree, Brent, Reece et Jenna dans le back-office.

— Alors ma chérie ? dit Tyree.

Il était appuyé contre son bureau, les sourcils froncés avec un air inquiet.

Il était grand, et avait la peau aussi mate que la sienne – c'était d'ailleurs à peu près tout ce qu'elle avait hérité de lui. Pour le reste, elle avait la carrure fine et élancée, les pommettes hautes, et les grands yeux de sa mère. Et depuis qu'elle s'était coupé les cheveux courts, la mère et la fille se ressemblaient comme deux gouttes d'eau.

Elle ressemblait si peu à Tyree que, même s'il ne le lui avait jamais dit, elle savait qu'il avait douté qu'elle soit sa fille, au début. Il avait supposé qu'elle était peut-être la fille de David, l'homme qu'Eva avait épousé après que Tyree avait été tué au combat – ou, en tout cas, après qu'on lui avait fait croire qu'il avait été tué.

Elena se souvenait à peine de David – le mariage avait été arrangé par son grand-père, et Eva avait finalement divorcé de lui quand Elena n'avait que quatre ans. Tyree était donc le seul père qu'elle connaissait. Certes, ils avaient de nombreuses années à rattraper, mais cela rendait leur relation encore plus singulière et intense.

— Que se passe-t-il ? reprit Tyree. Je vois bien que tu as quelque chose à nous annoncer, mais je n'arrive pas à savoir si c'est une bonne ou une mauvaise nouvelle…

— Disons que c'est une mauvaise nouvelle pour moi, mais une bonne nouvelle pour vous, déclara Elena. Ou, du moins potentiellement bonne, ajouta-t-elle d'un air mystérieux.

Brent et Reece échangèrent des regards rapides, tandis que Tyree se leva de son bureau pour s'approcher d'elle, l'air de plus en plus inquiet.

— Comment ça, une mauvaise nouvelle pour toi ?

— Rien de grave, ne t'inquiète pas, le rassura-t-elle. Je n'aurais pas dû dire ça. Je suis surtout venue vous annoncer quelque chose que j'ai entendu…

— Dis-nous ! l'encouragea Brent. Tu as dit que ça concernait le *Fix* ?

— Oui, répondit-elle en s'asseyant sur une chaise placée devant le bureau de son père. Vous savez que je travaillais au Centre d'Austin pour la conservation et la revitalisation du centre historique, n'est-ce pas ?

— *Travaillais* ? souligna Brent, qui faisait toujours attention au moindre détail.

Aussitôt, Tyree s'approcha de sa fille, convaincu cette fois que quelque chose n'allait pas.

— Elena ? Que s'est-il passé ? la pressa-t-il.

Elle les regarda tous les deux.

— Attendez. J'y arrive...

Elle sentit le regard de Brent posé sur elle et se dit qu'elle devait absolument éviter de le regarder si elle voulait pouvoir terminer son histoire. Il était beaucoup trop séduisant...

— Ils m'ont appelé ce matin – enfin, Cecily, ma supérieure, m'a appelée. Elle m'a dit qu'ils étaient très impressionnés par mon travail et que, selon elle, je pourrais aller loin dans l'entreprise. J'étais très flattée, mais je sentais qu'elle avait autre chose à me dire.

Elle enfreignit la règle qu'elle venait de se fixer à elle-même et jeta un coup d'œil en direction de Brent, lequel la regardait attentivement.

— En tout cas, reprit-elle en se forçant à

détourner le regard, elle a fini par me dire que leur Conseil d'administration s'était réuni, et qu'ils avaient décidé de supprimer mon poste pour raisons économiques.

— Oh, chérie, je suis vraiment désolé, lui dit Tyree d'un ton compatissant.

— Elle m'a assuré que ça n'avait rien à voir avec moi, qu'ils auraient adoré me garder, mais que ce n'était tout simplement pas possible. Mais ils m'ont fait une super lettre de recommandation, s'empressa-t-elle de dire pour rassurer son père, autant qu'elle-même. Bref, reprit-elle. Alors que j'étais en train de ranger mes affaires dans mon bureau, j'ai surpris une conversation dans la pièce d'à côté.

Elle fit une pause et regarda à nouveau en direction de Brent, s'empressant de détourner le regard et de s'adresser à son père pour ne pas perdre pied.

— Le Centre est une organisation à but non lucratif, poursuivit-elle, mais ils travaillent en étroite collaboration avec la ville, et, apparemment, il a été décidé de mettre en valeur le patrimoine historique de la sixième rue. Il semblerait que beaucoup de gens ne savent même pas qu'auparavant, elle s'appelait *Pecan Street*. Ils veulent donc demander aux entreprises installées dans les bâtiments historiques de la rue d'organiser des visites, et d'avoir sur leur comptoir des dépliants touristiques sur l'histoire de la rue et de la ville en général.

— C'est une bonne idée ! intervint Jenna qui était assise sur une chaise, une main protectrice posée sur son ventre.

— C'est aussi mon avis, renchérit Elena. Et je me suis même dit que nous pourrions prendre les devants, dit-elle en regardant son père. Puisque nous connaissons les intentions de la ville, nous pourrions prendre les devants et nous placer en tant que chefs de file dans la campagne visant à sensibiliser les gens au caractère historique du quartier. Je suis sûre qu'ils vont mettre sur pied une sorte de comité, ajouta-t-elle. Si nous leur montrons suffisamment tôt que nous sommes intéressés par le projet, nous pourrions occuper une place importante dans le comité. À mon avis, il faudrait même aller les voir en leur disant que vous aimeriez développer le caractère historique du quartier, du bâtiment... Cela permettrait d'engager le dialogue, vous voyez ?

Elle regarda tout le monde.

— Je sais que ce genre de chose me passionne plus que vous. Mais il faut voir cela comme une occasion de développement. Je suis persuadée que ce serait une excellente occasion d'accroître encore davantage la réputation du *Fix* dans la ville...

Tyree regarda Reece, avant de prendre la parole.

— Ce sont d'excellentes informations, déclara-t-il. Surtout que, grâce à la hausse de notre chiffre d'affaires généré par les élections de l'homme du mois, nous allons échapper à la faillite et allons continuer d'exister pendant un bon bout de temps...

— Ce qui veut dire que nous avons tout intérêt à nous impliquer dans la vie du quartier, compléta Jenna. C'est vrai que d'ajouter une dimension historique à notre service pourrait être un avantage. Nous pourrions par exemple demander à Spencer et Brooke de présenter quelques faits historiques lors du dernier épisode de Réno Boutique. Sans compter que nous avons déjà un rôle majeur dans le quartier grâce à l'organisation du salon de l'alimentation.

— C'est vrai, dit Elena.

En effet, lorsqu'elle était arrivée à Austin, le bar venait de lancer l'élection de l'Homme du mois, un concours de beauté masculin, dans l'objectif d'attirer davantage de clients et d'augmenter le chiffre d'affaires du bar, afin d'éviter la faillite. L'opération avait largement dépassé les attentes de Tyree et de ses associés, et l'avenir du bar était largement assuré.

Forte de ce succès, toute l'équipe du bar avait alors recherché d'autres moyens de maintenir la nouvelle réputation du *Fix*. Et c'était ainsi que l'idée d'un salon de l'alimentation avait émergé. Jenna s'était chargée de l'organisation et, au fur et à mesure que la date approchait, des dizaines de restaurants et de magasins d'alimentation spécialisée d'Austin s'étaient inscrits pour participer. Or, comme le *Fix* était l'initiative du projet, le nom et le logo du bar allaient être partout dans la salle de bal de l'hôtel Winston, où devait être organisée la soirée de clôture.

— Tout cela est parfait, déclara Tyree. Mais tu ne nous as pas dit ce que tu comptais faire, dit-il à Elena d'une voix ferme qui trahissait son inquiétude pour elle.

— Moi ?

— Oui toi... répondit-il. Tu as quitté ton travail ici pour rejoindre le Centre. Mais maintenant que tu ne vas plus travailler là-bas, comment comptes-tu gagner ta vie ?

— Papa... soupira-t-elle.

L'expression sérieuse de Tyree s'adoucit.

— J'adore quand tu m'appelles comme ça ! dit-il avec un large sourire.

Elle leva les yeux au ciel, mais c'était uniquement par pudeur. Car, en réalité, elle aussi adorait l'appeler « papa ». Et ils le savaient tous les deux.

— Je vais chercher un travail, le rassura-t-elle en lui tendant sa main, qu'il prit dans la sienne. Ils m'ont dit qu'ils pourraient me garder comme stagiaire, mais ce n'est pas sûr – ils doivent en parler avec le Conseil d'administration...

— Mais, de toute façon, si tu étais stagiaire, tu ne serais pas rémunérée, si ? souligna Tyree.

— Non, mais cela me permettrait d'acquérir de l'expérience, répondit-elle, un brin tendue.

— Pourquoi ne reviendrais-tu pas travailler ici ? lui proposa-t-il. Nous sommes en train de chercher quel-qu'un pour un temps partiel...

Elena se détendit, soulagée. Elle n'avait pas osé demander à son père, mais elle avait cruellement besoin de travailler. Mais, juste au moment où elle s'apprêtait à remercier Tyree, Jenna intervint.

— Je suis désolée, dit-elle en allant se placer aux côtés de Brent. Mais j'ai embauché quelqu'un ce matin.

— Mais nous n'avons même pas encore publié le poste, lui fit remarquer Tyree, les sourcils froncés.

— Je sais, répondit Jenna. Mais c'est une fille qui m'a appelée la semaine dernière et j'ai donc pensé à elle quand le poste s'est libéré... Mais, Brent, tu cherches une baby-sitter, non ? suggéra-t-elle en donnant un coup de coude à son voisin. La tienne vient de te lâcher, il me semble ? Je suis sûre qu'Elena serait parfaite ! ajouta-t-elle avec un clin d'œil.

Le cœur d'Elena se mit à battre la chamade tandis qu'elle s'imagina être chez lui, l'attendre tard le soir, découvrir sa fille... Certes, elle ne le verrait presque jamais, mais elle s'apprêtait à rentrer sur un terrain miné.

— C'est vrai, dit Brent d'un ton désinvolte qui la fit chavirer. Est-ce que ça te conviendrait ?

— Euh... fit mine d'hésiter Elena, espérant que personne n'entendait son cœur tambouriner dans sa poitrine. Oui, bien sûr, répondit-elle d'un air innocent.

DEUX

— TU PLAISANTES ? Il t'a proposé de te prendre comme baby-sitter ? s'étonna Selma, en jetant un coup d'œil médusé à Hannah, l'une de ses amies avocate qui était aussi la petite amie de son frère, Matthew.

Toutes trois étaient assises par terre, autour de la table basse, dans le salon d'Elena.

— Oui... Mais ce n'est pas non plus le travail du siècle, tenta de minimiser Elena, qui sentait ses joues devenir rouges.

— Mais, toi, tu attends plus ? lui demanda Hannah. Je veux dire, Brent te plaît, non ?

Elena ne sut comment répondre. Elle avait tout fait pour cacher son attirance pour Brent, et elle était étonnée qu'Hannah puisse être au courant. Elle n'en avait parlé qu'à Selma, dans un moment de faiblesse, un soir où, au *Fix*, toutes deux s'étaient mises à parler de la vie en général, et des hommes en particulier.

Elena et Selma s'étaient tout de suite bien entendues. Elena venait d'arriver à Austin, et elle avait été embauchée au *Fix*, qu'avait fondé son père. C'était le seul endroit où elle se sentait chez elle, et où elle rencontrait du monde. Selma, quant à elle, dirigeait une distillerie de whisky, et fournissait le *Fix* qui était également devenu, au fil du temps, son repère. C'est là qu'elle avait rencontré Elena, le premier jour de son arrivée.

Elles étaient très vite devenues amies. Il faut dire que le caractère de Selma y était pour beaucoup : elle était suffisamment originale pour susciter l'intérêt, et suffisamment authentique pour être sympathique.

Pourtant, ce soir-là, Elena qui comprit que Selma avait dû révéler son secret lui jeta un regard noir.

— Je n'ai pas dit un mot jusqu'à ce qu'elle me pose la question ! se défendit Selma en levant les mains.

— C'est vrai, confirma Hannah en riant. J'ai vu la manière dont tu regardais Brent. Je regardais Matthew avec la même intensité avant que nous ne sortions ensemble, ajouta-t-elle avec un sourire chargé de sous-entendus. Ce n'était pas très difficile à deviner, conclut-elle.

— C'était vraiment si évident ? demanda Elena, gênée.

— Non, c'est parce que nous sommes des femmes et que nous avons un radar pour ces choses-là, la rassura Selma. Mais je suis sûre que Brent ne s'est rendu compte de rien. C'est peut-être d'ailleurs justement ça le problème ! ajouta-t-elle avec son enthousiasme habituel.

— Il n'y a pas de problème, répondit aussitôt Elena, avec un peu trop de conviction pour que cela soit vrai.

— Bien sûr qu'il y a un problème, répondit Selma en riant. Vous ne baisez pas !

— Selma ! s'exclama Elena.

Elle avait envie de disparaître.

— Ça va... je ne fais que formuler ce que nous savons pertinemment toutes les trois, minimisa Selma.

— Je ne suis pas intéressée par lui de cette façon, répondit Elena. Enfin disons que... reprit-elle, sachant que l'une ou l'autre de ses amies allait la contester, je ne suis pas naïve au point d'imaginer que Brent puisse s'intéresser à moi. Et quand bien même, rien ne se passera entre nous, de toute façon...

— Pourquoi rien ne se passerait ? lui demanda Hannah. S'il te plaît et que tu lui plais...

Elle ne termina pas sa phrase, mais son haussement d'épaules et son sourire laissaient entendre que la suite était logique et évidente.

— Parce que je suis étudiante, que Brent est plus vieux que moi, et qu'il a une fille. Il a fait sa vie. Il met de côté pour pouvoir payer l'université à Faith alors que je n'ai même pas commencé à rembourser mes frais universitaires et n'ai pas encore de vrai métier...

Hannah et Selma échangèrent des regards.

— C'est vrai, déclara finalement Selma. Mais rien de tout cela n'est insurmontable...

— Je vous adore, mais je ne vous trouve pas très objectives, soupira Elena. Bref ! On va manger ?

Plus tôt dans la semaine, elles avaient prévu de bruncher ensemble en ce samedi matin. Hannah et Selma devaient passer chercher Elena puis se rendre dans l'un des nombreux Tex Mex de la ville pour manger un migas. Mais elles s'étaient laissé distraire par leur discussion et, désormais, l'estomac d'Elena était aussi vide que sa vie amoureuse.

— À cette heure-ci, tout va être plein, déclara Hannah en regardant sa montre. Tu n'as pas plutôt quelque chose dans ton réfrigérateur ?

— Si, bien sûr ! répondit Elena en se levant. J'ai tout ce qu'il faut !

En Californie, elle n'avait pas beaucoup cuisiné, mais, depuis qu'elle était arrivée à Austin, elle avait découvert le plaisir des fourneaux avec son père et son demi-frère, Eli.

— J'ai même tout ce qu'il faut pour un migas ! lança-t-elle depuis sa cuisine, la tête dans son réfrigérateur. Des œufs, des oignons, des tomates, des piments Serrano, de la crème fraîche, et des tortillas ! J'ai même de la sauce piquante si vous voulez ! Tout ce qu'il nous manque, c'est l'ambiance.

— Et quelqu'un pour nous servir... plaisanta Hannah.

— On s'en fiche, tant que nous avons les migas ! rétorqua Selma avec gourmandise. On pourrait même se faire des Mimosas. Tu as du champagne et du jus d'orange ? demanda-t-elle à Elena.

— Eh bien, figure-toi que oui ! répondit Elena.

— Ta cuisine est mieux approvisionnée que la mienne ! dit Selma en riant. Easton et moi détestons tous les deux faire les courses... La plupart du temps, on achète des plats à emporter et, évidemment, on boit du whisky. Beaucoup de whisky ! fit-elle avec un clin d'œil.

— Chez nous, c'est plutôt fruits et protéines, intervint Hannah. J'adore ton frère, précisa-t-elle à l'attention de Selma, mais j'aimerais qu'il mange un peu moins bien. Heureusement, il craque quand même pour les beignets de Mme Johnson...

— Je le comprends… D'ailleurs, je pense que toute la ville la considère comme une sainte tellement ses beignets sont bons !

La boulangerie de Mme Johnson était une institution à Austin depuis les années 40. Elena avait eu l'occasion de goûter ses fameux beignets et elle n'avait pu que constater qu'ils étaient largement à la hauteur de leur réputation. Cela faisait partie des choses qui rendaient Austin si agréable. Certes, les plages de la Californie lui manquaient parfois, mais elle avait trouvé ici un équilibre et une qualité de vie qui lui plaisaient. Sans parler de sa famille. Et de Brent, évidemment…

— Donc je me lance dans les migas ? demanda-t-elle à ses deux convives ?

— Bien sûr ! répondit Selma tandis qu'Hannah et elle rejoignirent Elena dans la cuisine, s'installant au bar qui la séparait de l'espace salon. Et je te préviens, tu as intérêt à nous donner tous les détails ! Nous voulons tout savoir sur ton baby-sitting de ce soir : à quelle heure tu y vas, et à quelle heure il rentre !

Elena soupira en riant, sortant les œufs du réfrigérateur.

— Il m'a demandé d'aller chez lui à seize heures, répondit-elle néanmoins. Je pense qu'il sera de retour vers trois heures du matin. Mais en quoi est-ce que c'est important ?

— Tu vas donc le voir avant et après... répondit Selma d'un ton chargé de sous-entendus.

— Et tu auras tout le temps d'interroger Faith à son sujet, ajouta Hannah avec la même malice.

Elena se tourna vers ses amies et les regarda d'un air médusé.

— Euh... non. Je ne me vois pas demander à une enfant de cinq ans des informations sur son père, qui me plaît...

Hanna et Selma échangèrent un regard complice.

— Au moins, elle admet qu'il lui plaît, commenta Hannah.

— Je ne l'ai jamais nié, je vous signale, rétorqua Elena d'un air faussement exaspéré. Vous vous moquez de moi, en fait ?

— Peut-être un peu, admit Hannah.

— Pourtant, je vous assure que je n'ai pas besoin de ça. Je suis déjà suffisamment stressée à l'idée de travailler si près de lui...

— Sauf qu'il ne sera pas là, fit remarquer Selma. Enfin... il sera là tard le soir, si tu vois ce que je veux dire... ajouta-t-elle avant d'éclater de rire.

— Vous êtes complètement folles, commenta Elena avec un sourire gêné.

— Mais c'est justement pour ça que tu nous aimes, dit Selma.

— En fait, je me dis que Jenna avait peut-être des idées derrière la tête, reprit Hannah.

— Qu'est-ce que tu veux dire ? lui demanda Elena en fronçant les sourcils.

— Tu sais à quel point elle aime jouer aux entremetteuses, expliqua Hannah. Quand elle a suggéré que tu travailles pour lui, j'imagine qu'elle avait déjà pensé que cela vous permettrait de vous retrouver seuls lorsqu'il rentrerait...

Elena réfléchit à ce que venait de dire Hannah en mettant du beurre dans la poêle et en allumant le feu.

— Je ne suis pas sûre de ça, dit-elle. D'ailleurs, comment aurait-elle pu savoir ? Vous m'avez dit vous-mêmes que mon attirance pour lui ne se voyait pas, et que même Brent ne s'était aperçu de rien...

— Peut-être qu'il l'a remarqué, répondit Selma tandis qu'Elena se mit à couper les oignons et les poivrons. En tout cas, je suis sûre que Jenna et Reece l'ont remarqué ; on ne peut rien leur cacher à ces deux-là ! ajouta-t-elle avec un brin de provocation.

— Bon, ça suffit vous deux ! s'agaça Elena, paniquée à la simple idée que son attirance pour Brent ait pu être découverte. Je vais finir par tout faire brûler si vous continuez, les prévint-elle en leur jetant un rapide coup d'œil faussement sévère.

Elle versa les dés d'oignons et de poivrons dans le beurre fondu. Un délicieux fumet se propagea dans la pièce tandis qu'elle se mit à mélanger le tout avec une cuillère en bois.

— Que se passe-t-il avec Easton et tes parents ? demanda-t-elle à Hannah, surtout pour changer de sujet. Selma, je peux te demander de râper le fromage ? lança-t-elle avant d'avoir la réponse à sa question.

— Ils ont fini par me donner l'argent, répondit Hannah sans enthousiasme.

— C'est génial ! s'exclama Selma en parcourant le réfrigérateur du regard, à la recherche du fromage. Matthew ne me l'a même pas dit, ce crétin ! Cela, dit, je suis désolée - je sais qu'il s'agit de tes parents et je sais que mon frère peut être un imbécile parfois – mais seules toi et moi avons le droit de le penser. Parce que, à part ça, c'est le gars le plus gentil et le plus génial de la Terre. Tes parents sont vraiment des...

— *Selma !* l'interrompit Elena en lui faisant les yeux ronds pour que Selma n'aille pas trop loin, tandis qu'elle cassait le douzième œuf dans la poêle et se mit à mélanger rapidement le tout.

En réalité, Elena était entièrement d'accord avec

Selma pour dire que la mère et le beau-père d'Hannah s'étaient comportés comme des abrutis envers Hannah, en refusant de lui verser l'argent que son père biologique avait mis de côté pour elle. Elle ne connaissait pas toute l'histoire, mais, de ce qu'elle avait compris, c'était surtout le beau-père d'Hannah qui s'était opposé à ce qu'elle reçoive l'argent, en particulier lorsqu'il avait su qu'Hannah sortait avec Matthew Herrington, un garçon qui n'avait pas fait d'études et qui avait fait fortune en ouvrant plusieurs salles de sport dans la région d'Austin – une carrière que ce grand avocat ne devait pas juger suffisamment noble.

— Easton les a menacés de les poursuivre en justice, expliqua Hannah, faisant référence à son associé, qui était également le fiancé de Selma. Bien sûr, nous aurions certainement perdu le procès, poursuivit-elle, car, après tout, mon père avait mis l'assurance-vie au nom de ma mère, même si l'argent m'était destiné. Mais mon beau-père est tellement préoccupé par sa réputation dans le monde des affaires qu'il a finalement cédé. En échange, je me suis engagée à ne pas les poursuivre ni à en parler dans la presse.

— Et comment ça se passe entre toi et ta maman ? s'enquit Elena, faisant signe à Selma de lui passer le fromage désormais râpé.

— Oh, tu sais... répondit Hannah en haussant les

épaules. De toute façon, ma famille c'est vous, reprit-elle avec un sourire. Matthew, vous deux, et les gens du *Fix*. Et puis j'ai aussi Shelby et mes anciens collègues de travail. Ça me suffit ! conclut-elle, non sans une pointe de regret en pensant aux relations distantes qu'elle entretenait avec sa mère.

— En tout cas, maintenant, tu as l'argent dont tu avais besoin pour l'ouverture du cabinet, n'est-ce pas ? lui demanda Elena, essayant de lui faire voir le bon côté des choses.

Elle se souvenait d'une soirée, au *Fix*, lors de laquelle Hannah avait expliqué qu'elle avait besoin de l'argent que son père lui avait laissé pour financer sa part du cabinet d'avocats qu'elle et Easton envisageaient d'ouvrir ensemble.

— Oui et non, déclara Hannah. C'était ce que j'avais prévu de faire, en effet. Mais j'ai maintenant du mal à toucher à cet argent. Je l'ai donc mis sur un compte épargne en attendant de savoir ce que je veux en faire. Il est fort probable que je l'utilise pour le cabinet, c'est vrai, mais, avec Matthew, on a également envie d'un voyage en Australie et de faire quelques travaux dans l'appartement... Nous verrons !

— Ça reste un problème plutôt agréable, alors, commenta Elena en versant le fromage sur les œufs. Mais, avec ta mère, ça se passe comment ? insista-t-elle.

— Je dirais que, en ce moment, ça ne se passe pas… répondit Hannah sans trop rentrer dans les détails. Mais je dois dire que je le vis assez bien. Maintenant, j'ai l'argent que mon père voulait que j'aie, et, pour l'instant, cela me suffit.

— Je comprends, répondit Elena avec un sourire qu'elle voulut le plus rassurant possible.

Pourtant, au fond d'elle, la relation entre Hannah et sa mère la surprenait et lui faisait peur. De son côté, jamais elle n'aurait pu être en froid avec ses parents. Elle venait à peine de retrouver son père, et elle savait qu'elle n'aurait pas supporté que sa relation avec Tyree prenne fin, comme celle d'Hannah et sa mère.

Alors qu'elle retira la poêle du feu, elle espéra qu'elle n'aurait jamais à vivre une telle situation.

TROIS

— ICI, dit Brent, en appuyant sur le bouton pause de sa tablette. Tu vois la manière dont il incline la tête à la fin ? Juste après avoir fini de pulvériser ? La caméra n'est pas placée au bon endroit, mais si je travaille sur l'image, je peux peut-être arriver à faire en sorte que l'on voie mieux son visage.

— Ça m'étonnerait, répondit le détective Landon Ware en se penchant sur l'écran.

Brent soupira, s'affaissant contre le dossier de sa chaise en plastique. Il savait que la police n'avait pas beaucoup de budget ; cette chaise inconfortable lui en apportait maintenant la preuve.

— Honnêtement, j'en doute aussi, dit Brent d'un air désolé pour son ami. Mais je suis à court d'options...

— Ce n'est pas si grave, mec, le rassura Landon. Laisse tomber...

En théorie, Brent savait que son ami avait raison. Mais, en pratique, lui et Landon savaient parfaitement qu'il ne laisserait pas tomber. Cela faisait longtemps que l'un et l'autre se connaissaient. Avant que Brent ne quitte la police pour devenir responsable de la sécurité au *Fix*, ils avaient fait équipe pendant de longues années et, au fil des missions, étaient devenus de proches amis. Ils avaient passé de nombreuses soirées à se raconter leur vie en buvant des bières. C'était au nom de cette amitié que Brent n'avait pas hésité à venir au poste de police du centre-ville en ce samedi matin de septembre.

— C'était probablement juste des gamins, lui dit Landon, comme s'il ne savait pas que cela ne suffirait pas à calmer Brent.

— Ce n'était pas des gamins, rétorqua Brent en repensant aux graffitis vulgaires qui avaient été peints sur l'un des murs extérieurs du *Fix*. Ou alors ils ont été poussés par des adultes.

— Comment peux-tu en être si sûr ?

— Parce que ce n'était pas la première fois...

Landon fronça les sourcils avec intérêt.

— Comment ça ? Tyree ne m'en a jamais parlé...

Landon était en couple avec Taylor D'Angelo, qui travaillait comme régisseuse pour le concours de l'Homme du mois. Il passait donc beaucoup de temps au *Fix* et était au courant de tous les ragots. Du moins le pensait-il...

— Je lui ai demandé de ne pas le faire, répondit Brent. J'ai pensé qu'il valait mieux qu'il ne donne pas l'impression d'être embêté par ces graffitis, et que personne ne sache qu'on enquêtait pour retrouver les auteurs...

— Mais donc, dis-moi. Que s'est-il passé, exactement ? le pressa Landon.

— Il n'y a pas eu que les graffitis, lui apprit Brent. Des vitres ont également été cassées et des colonnes de soutien ont été endommagées. D'ailleurs, ça aurait pu mal se terminer si nous ne les avions pas réparées à temps.

En tant que responsable de la sécurité du *Fix*, Brent était chargé de tout contrôler, de l'identité des employés et des clients, à la sécurité du matériel. Au cours du dernier mois, il avait noté une nette augmentation des attaques contre l'établissement qui, jusque-là, avaient été très rares. Il y avait forcément quelqu'un derrière tout cela, et il était déterminé à trouver de qui il s'agissait.

— C'est quoi cette histoire de colonnes de soutien ? s'enquit Landon d'un air inquiet.

— C'est Spencer qui s'en est rendu compte…

— Mais il s'agissait de colonnes utilisées pour les travaux de rénovation du *Fix* ?

Brooke Hamlin et Spencer Dean étaient les présentateurs vedettes d'une émission de téléréalité sur le thème de l'immobilier. Il s'agissait de filmer la rénovation d'un restaurant, et le *Fix* avait été sélectionné pour participer. Il y avait donc eu d'importants travaux de rénovation, et l'émission retransmettait également l'élection de l'Homme du mois que le bar organisait chaque mois.

— Non, répondit Brent. Les gros travaux ont eu lieu il y a plusieurs mois. Mais Spencer est catégorique : les dégâts sont le résultat d'actes de vandalisme. Même s'il ne l'a pas dit devant les caméras, il nous l'a dit plus tard, à Tyree et à moi, et il a même proposé de faire les réparations gratuitement.

— Selon toi, c'est le suspect qui a brisé les vitres pour s'introduire dans le bar ? demanda Landon.

— Je pense, en effet, confirma Brent. Il y avait des fils de jeans sur les bris de verre.

Landon le regarda un instant dans les yeux.

— Tu as des pistes ? finit-il par demander à son ami.

— Je pense que quelqu'un veut récupérer le *Fix*, et je pense savoir de qui il s'agit...

— Je vois... ce quelqu'un tente de décourager Tyree pour le pousser à vendre. Et à qui est-ce que tu penses ?

— Je ne peux encore rien dire avec certitude, répondit Brent. Mais disons que j'ai considérablement réduit la liste des suspects. Il faut absolument que je sache qui se cache derrière ce sweat à capuche pour être certain.

En réalité, Brent était sûr que le suspect était quelqu'un de chez *Déliss*, un bar concurrent, dont les propriétaires ne cachaient pas leur souhait de voir Tyree faire faillite afin de pouvoir racheter le *Fix*.

— Je comprends, lança Landon en soupirant. Mais tu sais aussi bien que moi qu'il n'existe aucun outil qui permettrait de rendre les images plus nettes...

— Je le sais, admit Brent. Mais je me disais que tu pourrais utiliser les images prises par les caméras des bâtiments voisins ; notamment celle du distributeur automatique de l'autre côté de la rue...

Landon expira lentement en se frottant les cheveux.

— Brent... tu sais que j'ai besoin d'un sérieux motif pour cela... répondit-il embarrassé.

— Pas si tu as leur consentement, argua Brent. Il

suffit de leur demander, en leur rappelant que les tagueurs pourraient s'en prendre à eux si l'on ne fait rien pour les arrêter.

— Tu ne peux pas leur demander toi-même ?

— Je ne suis qu'un agent de sécurité, désormais, répondit Brent. Toi, tu es flic. Ça aura plus de poids si c'est toi qui le demandes. En revanche, je veux bien t'accompagner – la réaction des gens me permettra de savoir qui est le coupable.

— Okay, okay... capitula Landon. Je vais passer quelques coups de fil. En attendant, pourquoi ne pas installer des caméras supplémentaires ?

— Parce que tu penses que je n'y ai pas pensé ? demanda Brent en regardant son ami les sourcils arqués. Elles vont être installées en fin d'après-midi.

— Je te reconnais bien là ! lança Landon avec un clin d'œil, avant de se diriger vers son bureau. Au fait, dit-il en se tournant vers Brent sur le pas de la porte, tu ne m'avais pas dit que tu voulais faire moins d'heures les week-ends pour être davantage avec ta fille ?

— C'est vrai, mais j'ai perdu deux de mes gars récemment, répondit Brent. Je suis donc obligé d'assurer les heures jusqu'à ce que je fasse de nouvelles embauches. Mais, tout va bien, conclut-il d'un ton rassurant. C'est un peu difficile pour Faith, mais ce n'est que temporaire.

— C'est Jenna qui la garde ?

— Non, j'ai une baby-sitter. Je ne voulais pas embêter Jenna et Reece – ils vont bientôt accueillir leur premier enfant... Il faut qu'ils profitent de la tranquillité qu'il leur reste !

— Je t'admire, en tout cas, de gérer aussi bien ton travail et ta fille, lui dit Landon.

— Merci, répondit Brent avec un sourire reconnaissant.

Brent avait dû tout gérer seul depuis qu'Olivia l'avait quitté, le jour de la naissance de Faith. Lorsqu'il avait épousé Olivia, elle n'avait que vingt-quatre ans et, même si lui avait quelques années de plus, ni l'un ni l'autre n'avait vraiment compris ce qu'était l'amour. Dès l'instant où Olivia avait appris qu'elle était enceinte, elle s'était éloignée de lui. Parfois, il se disait même qu'elle s'était mise à moins l'aimer dès lors qu'il l'avait demandée en mariage, sans qu'il s'en aperçoive. Quoiqu'il en soit, juste après la naissance de leur fille, Olivia était partie. Elle n'était réapparue que quelques jours plus tard pour demander le divorce. Brent accepta immédiatement, ne lui pardonnant pas d'avoir abandonné leur enfant.

— Tu as pensé à revenir ?

Brent se redressa, tiré de ses pensées par la question de Landon.

— Euh... pardon. Quoi ?

— Au boulot. Est-ce que tu as pensé à revenir ? répéta Landon. Tu sais que nous manquons de flics et que le commandant serait prêt à tout pour te récupérer...

Brent eut un frisson d'excitation à l'idée de reprendre son ancien travail. Mais il se ressaisit.

— C'est impossible, répondit-il. J'ai ma fille, maintenant.

— Je comprends, dit Landon. Mais elle va à l'école, maintenant, n'est-ce pas ? Cela te laisse davantage de temps...

— C'est vrai, consentit Brent en hochant lentement la tête. En plus, je te mentirais si je te disais que le job ne me manque pas...

— Alors quoi ?

— Landon... ce boulot est dangereux, tu le sais aussi bien que moi. Je ne veux pas prendre le risque que ma fille se retrouve un jour orpheline. Elle a déjà perdu sa mère, je ne veux pas qu'elle perde aussi son père.

— Il y a quand même peu de chances que cela se produise, mec, le rassura Landon.

— Peut-être, mais elles existent, trancha Brent. Je préfère ne pas tenter le diable... Le seul travail qui compte vraiment pour moi, maintenant, c'est mon travail de père.

Il était déterminé à ne pas endosser à nouveau son costume de flic. Il n'avait qu'une seule priorité, désormais : sa fille. Faith.

QUATRE

— PAPA !

Dès qu'elle le vit arriver, Faith sauta de la balançoire et courut vers lui, bondissant dans ses bras lorsqu'il s'agenouilla pour l'accueillir.

— Hello, ma puce ! Tu t'es bien amusée ? Je suis désolé d'être en retard, ajouta-t-il à l'attention de Rayleen Burg, la mère de Kyla, la petite fille qui célébrait son anniversaire, et qui était également la meilleure amie de Faith.

Il ne précisa pas qu'il avait été retenu au poste de police. Rayleen était une mère célibataire plutôt bavarde, et il ne voulait pas lui donner matière à engager la conversation. D'autant qu'elle ne cachait pas son attirance pour lui – elle aurait sauté sur l'occasion pour l'inviter à prendre un verre. Or, Brent ne se sentait pas attiré par elle. Elle était pourtant gentille, intelligente, assez jolie, et semblait être une bonne mère. Mais il manquait la petite étincelle. Et puis, surtout, il n'avait aucune envie de s'attacher à une femme. Il ne voulait pas prendre le risque de faire entrer dans la vie de sa fille une femme qui pourrait elle aussi s'en aller, comme l'avait fait Olivia. Cela aurait été un trop grand traumatisme pour Faith.

— Il y avait une piñata ! déclara Faith avec enthousiasme. J'ai un kazoo et des crocodiles. Je pourrai en manger un quand on sera à la maison ?

Les crocodiles étaient ses bonbons préférés.

— On verra, lui répondit Brent en la regardant avec tendresse.

— Les enfants se sont beaucoup amusés, intervint Rayleen. Mais je crois que quelqu'un risque de vous demander sa propre P-I-N-A-T-A pour samedi prochain, le prévint-elle avec un clin d'œil.

— Ah, oui... sûrement, répondit Brent, amusé. Tu pourras me dire où tu as acheté la tienne ?

Faith allait fêter son sixième anniversaire la semaine suivante, et Brent n'avait encore rien préparé.

— Bien sûr ! rétorqua Rayleen. Et si tu as besoin d'aide pour l'organisation, tu sais que je suis là, ajouta-t-elle en plaçant ses cheveux derrière son oreille et en le regardant droit dans les yeux. Kyla et Faith pourront jouer pendant que nous nous occuperons des préparatifs... suggéra-t-elle.

— C'est très gentil de ta part, la remercia-t-il. Mais ça va aller ; la tante et l'oncle de Faith ont déjà proposé de m'aider.

Reece et Jenna n'étaient pas réellement de sa famille, mais Brent se sentait suffisamment proche d'eux pour les considérer comme tels. Il ne leur avait pas encore demandé leur aide, mais il savait d'avance qu'ils accepteraient.

— Très bien, répondit Raylee. En tout cas, tu sais que je suis là si tu as besoin...

Un silence un peu gêné s'installa entre eux, brisé par une voisine qui appela Raylee depuis la maison d'en face.

— Bien, je vais y aller, dit Raylee, d'un air visiblement soulagée. Merci encore d'avoir laissé Faith venir aujourd'hui !

— C'est moi qui te remercie, répondit Brent, tandis que Faith descendait de ses épaules, glissant le long de son corps comme s'il était un toboggan.

Puis il la prit par la main et l'attira en direction du portail.

— Papa ! Elle est où, la voiture ? demanda Faith d'une voix lancinante, typique des enfants.

— En fait, je me suis dit que nous pourrions rentrer

à pied, répondit-il. Mais je ne me souviens pas du chemin. Tu crois que tu peux me guider jusqu'à la maison ?

— Oui, je peux, répondit Faith en s'arrêtant et en le regardant dans les yeux. Mais tu n'as pas vraiment oublié, pas vrai ? Tu sauras toujours où est la maison ?

Brent sentit son cœur fondre. Faith ne parlait jamais d'Olivia directement – tout au plus lui disait-elle parfois qu'elle aimerait qu'il trouve une maman – mais il comprit que sa blague avait réveillé chez sa fille l'angoisse de l'abandon.

— Évidemment que je n'oublierai jamais le chemin de la maison, ma chérie. Je faisais juste semblant pour te faire marcher...

— J'en étais sûre ! s'exclama-t-elle avec un large sourire, visiblement rassurée.

— C'est parce que tu es la plus intelligente des petites filles, lui dit-il avec douceur.

— J'ai compté jusqu'à deux cents aujourd'hui ! l'informa-t-elle fièrement. Bobby Carmichael a parié que je ne pouvais pas, mais je l'ai fait. Et il a dû me donner ses oursons au chocolat !

— Je croyais que tu n'avais eu que des crocodiles ? lui demanda Brent en levant un sourcil.

— J'ai donné les oursons au chocolat, mais je les ai quand même gagnés, précisa Faith.

— C'est très bien ! Je te félicite ! rétorqua-t-il, fier de sa fille.

— Tu dois regarder des deux côtés, papa !

Ils étaient arrivés à un passage piéton, et Brent fit ce que Faith lui avait demandé.

— Et maintenant ? Qu'est-ce que je dois faire ? feignit-il de ne pas savoir.

— Maintenant tu peux traverser, mais seulement avec un adulte, répondit Faith d'un air de maîtresse d'école qui fit sourire son père.

— C'est tout ? lui demanda-t-il pour tester ses connaissances.

— Tu dois aussi faire très attention, ajouta la petite fille.

— C'est très bien, ma chérie, la félicita Brent, heureux qu'elle ait retenu ce qu'il s'appliquait à lui répéter le plus souvent possible.

— On peut aller au zoo, tout à l'heure, papa ? demanda Faith tandis qu'ils étaient en train de traverser.

— J'aurais adoré, ma chérie, répondit-il avec regret, mais je dois aller travailler. Je ne peux pas…

Faith ne répondit rien, arborant une moue qui lui fendit le cœur.

— Tu sais que je suis obligé de travailler, ma chérie. Je n'ai pas le choix…

— Et je peux venir avec toi ? demanda-t-elle avec une joie retrouvée. Le papa de Patrick l'emmène des fois à son travail le samedi, et Patrick fait des coloriages dans la salle de conférence. Il m'a dit que son papa était avocat.

— Malheureusement, il n'y a pas de salle de conférence à mon travail. Et là où je travaille, ce n'est pas un endroit pour les petites filles. Mais il y a quelqu'un de formidable qui va venir te garder, tout à l'heure, lui annonça-t-il avec un air de surprise.

— Jenna ? s'enquit Faith avec une lueur de joie dans le regard.

— Non, tante Jenna et oncle Reece n'étaient pas libres aujourd'hui. C'est Elena qui va venir. Tu t'en souviens, n'est-ce pas ?

— Oui ! Elle a joué avec moi quand on était chez oncle Tyree, et Eli m'a dit qu'avant elle vivait au bord de la mer...

— Tout à fait. Avant, elle vivait en Californie.

— Moi, je n'ai jamais vu la mer...

— Je te promets que je t'y emmènerai bientôt, mon cœur, lui dit-il – heureux que Faith ait apparemment gardé un bon souvenir d'Elena et qu'elle semble heureuse de l'avoir comme baby-sitter. Ça va être super, n'est-ce pas ?

Faith fit oui de la tête, et, pour la millionième fois,

Brent se demanda comment il avait eu la chance d'avoir une fille aussi incroyable.

— Elle est drôle, déclara Faith en souriant. Et, en plus, elle est trop belle ! Hein, qu'elle est belle, papa ?

Brent sentit son cœur battre à l'évocation d'Elena, comme à chaque fois qu'il se trouvait près d'elle.

— Oui, mon cœur, elle est très belle, confirma-t-il d'un air le plus normal possible.

— Et puis elle est trop gentille aussi ! ajouta Faith. Moi, je l'adore ! décréta-t-elle avec cette détermination qu'ont les enfants. Tu sais, tu peux lui demander de s'occuper de moi autant que tu veux !

En regardant sa fille, il ressentit un élan d'amour incommensurable.

— Merci pour la permission, mademoiselle. Je suis ravi que vous validiez mon choix, répondit-il en riant.

— Toi aussi tu l'adores ? lui demanda Faith de but en blanc, en le regardant d'un air sérieux.

Brent se demanda un instant si sa fille avait compris son attirance pour Elena, mais se rassura en se disant que cela n'était pas possible.

— Bien sûr, répondit-il simplement. Je ne laisserais jamais quelqu'un que je n'aime pas s'occuper de toi, tu sais...

Sa réponse parut convenir à Faith qui se tut et

marcha à côté de lui en silence. Mais le répit fut de courte durée...

— Est-ce que tu l'aimes comme oncle Reece aime tante Jenna ? lui demanda-t-elle tandis qu'ils étaient à seulement trois maisons de la leur.

Pendant une seconde, le cœur de Brent s'arrêta, mais il se ressaisit et s'empressa de répondre à sa fille qu'Elena n'était qu'une amie. Pourtant, il ne put s'empêcher de se demander à nouveau ce que Faith avait compris, bien qu'elle n'ait été avec lui et Elena que quelques fois. Lui avait-elle posé cette question avec innocence, comme l'aurait fait n'importe quel enfant de cinq ans ? Ou avait-elle perçu ses sentiments, malgré le fait qu'il ait tout fait pour les dissimuler ? Les enfants avaient des capteurs pour ces choses-là, il le savait...

Et, si cette dernière hypothèse était la bonne, était-elle la seule à avoir vu son attirance de plus en plus forte pour Elena ? Ses amis l'avaient-ils eux aussi compris ? Jenna, peut-être ? Elle avait un don pour deviner ce qu'il se passait dans la vie amoureuse de ses amis. Pourtant, elle ne lui avait pas dit un mot... Peut-être qu'elle n'avait rien remarqué ?

Reece ? Mais cela était peu probable. Reece était comme lui, il ne faisait absolument pas attention à ce genre de choses. Tyree ? Brent espérait de toutes ses forces que son ami ne s'était aperçu de rien, presque autant qu'il espérait qu'Elena n'ait pas remarqué, elle non plus. Car, aussi belle et intelligente qu'elle soit, il savait que leur histoire était impossible. Il ne pouvait tout simplement pas coucher avec la fille de l'un de ses meilleurs amis...

Bien sûr, il était tenté. Et il avait déjà eu d'autres aventures depuis le départ d'Olivia, même si, avec Faith, il n'avait pas beaucoup de temps pour les femmes, et qu'il ne pouvait pas facilement organiser des soirées en amoureux chez lui. La plupart du temps, il était sorti avec des femmes qu'il avait rencontrées au *Fix*, le plus souvent des touristes car, au moins, il savait qu'elles avaient une chambre d'hôtel et que l'histoire ne durerait qu'une nuit. Si Jenna lui disait souvent qu'il était malheureux et qu'il devait rencontrer quelqu'un pour s'épanouir, il lui répondait que ce genre de relations lui convenait parfaitement, allant même jusqu'à lui faire croire, pour avoir la paix, qu'il voyait plus de femmes qu'il n'en voyait réellement. La vérité était qu'il recherchait la compagnie d'une femme uniquement lorsqu'il avait passé une mauvaise journée : non seulement pour avoir l'occasion de discuter avec une adulte, mais aussi pour que son corps exulte. Mais il s'en voulait, ensuite, d'utiliser les femmes de cette manière, et il faisait en sorte de ne pas multiplier les conquêtes.

Et puis, son rôle de père le comblait parfaitement, et il avait fini par se convaincre qu'il ne referait sa vie que lorsque Faith serait suffisamment grande, et – surtout – pas avant d'être certain d'avoir trouvé une femme qui ne partirait pas du jour au lendemain, comme l'avait fait Olivia.

— Papa ?

Faith lui tira la main, l'obligeant à sortir de ses pensées et à la regarder.

— Excuse-moi, ma chérie. J'étais dans la lune...

— Est-ce qu'on peut regarder un film ensemble avant que tu ailles au travail ?

Il calcula rapidement le temps que les choses qu'il avait à faire allaient lui prendre. Il devait faire de la paperasserie, et payer quelques factures – il n'avait clairement pas le temps de regarder un film avec sa fille...

— Bien sûr, mon cœur, répondit-il néanmoins.

Après tout il pourrait s'occuper des factures en rentrant du travail – à trois heures du matin, il aurait tout le calme nécessaire.

— Que dirais-tu du *Monde de Nemo* ? C'est presque comme aller à la mer, non ? proposa-t-il avec un large sourire.

Folle de joie, Faith frappa dans ses mains, puis courut sur le trottoir jusqu'à leur porte d'entrée, où elle se mit à sautiller sur place en attendant son père.

— On pourra faire du pop-corn aussi ? Avec beaucoup de beurre ?

— Marché conclu ! répondit-il avec un clin d'œil en ouvrant la porte.

Il se dit qu'il devrait dire à Elena de préparer un repas sain ce soir-là pour compenser, mais, en attendant, du pop-corn plein de beurre devant un dessin animé avec sa fille préférée lui semblait être le paradis sur Terre.

CINQ

ELENA BAISSA le pare-soleil de sa petite Honda et vérifia son maquillage. Fronçant les sourcils, elle attrapa son sac – son rouge à lèvres s'était légèrement estompé – puis se ravisa.

Qu'était-elle en train de faire ?

Elle était là, garée devant chez Brent où elle devait faire du baby-sitting – *baby-sitting* – et elle se souciait de son maquillage ? Franchement, elle était ridicule ! Qu'est-ce que Faith pouvait bien en avoir à faire si son rouge à lèvres s'était estompé ? Quant à Brent... Elle était certaine que lui non plus n'en avait rien à faire. Elle ne devrait même pas se poser la question. En réalité...

Elle se força à sortir de ses pensées, attrapa un mouchoir en papier dans la boîte à gants, et s'essuya la bouche violemment. Elle se regarda à nouveau dans le miroir. C'était presque parti. Il ne restait qu'un soupçon de la teinte rose prune qui mettait en valeur sa peau mate. Parfait ! Elle était jolie, sans avoir l'air de trop en faire...

Arrête. De toute façon, Brent ne va même pas te regarder. Tu ferais mieux de l'oublier...

Elle avait beau se dire cela, c'était plus facile à dire qu'à faire. Aucun homme ne lui avait vraiment plu, depuis sa dernière relation, avec Raymond Jackson, lorsqu'elle était au lycée. Autant dire que cela faisait une éternité ! Depuis, elle était devenue une femme. Ses envies et ses rêves aussi avaient évolué... Et cela la terrifiait.

Elle s'en voulut de ne pas avoir refusé la proposition de Brent. Elle aurait dû dire qu'elle n'aimait pas les enfants et qu'elle était nulle en baby-sitting.

Mais elle ne l'avait pas fait. Et elle ne pouvait pas le laisser tomber maintenant...

Elle prit une profonde inspiration et descendit de voiture. Elle était déjà allée chez Brent, dans le quartier Crestview d'Austin. Pourtant, ce jour-là, elle avait l'impression que c'était la première fois. Elle marcha lentement jusqu'à la porte d'entrée, comme pour repousser le moment de le voir.

En s'approchant, elle remarqua la pelouse parfaitement taillée, le patio entouré d'arbustes à fleurs, la porte d'entrée récemment peinte en bleu, et le porche en bois brillant d'un blanc étincelant. Le tout ne faisait que confirmer ce qu'elle savait déjà : que Brent était un homme attentionné et méticuleux. Il mettait la même application dans tout ce qu'il faisait, que ce soit dans son travail ou dans son rôle de père.

Une fois devant la porte, elle ne put s'empêcher de se sentir nerveuse. Pourtant, elle n'avait aucune raison. Elle venait faire du baby-sitting, se répéta-t-elle. Ce n'était pas un rendez-vous amoureux...

Avant de changer d'avis, elle sonna, puis sourit en entendant Faith courir derrière la porte. Une seconde plus tard, la petite fille lui faisait face avec un immense sourire.

— Elena ! On vient de regarder Nemo ! s'exclama-t-elle avec une fierté évidente.

— C'est génial ! répondit Elena. Moi, j'adore Dory. Et les mouettes, aussi !

— Moi aussi ! s'enthousiasma la petite fille. On va bien s'amuser ! déclara-t-elle en laissant entrer Elena. C'est papa qui me l'a dit.

— Alors, s'il te l'a dit, c'est que ça doit être vrai ! rétorqua Elena avec un clin d'œil complice.

Brent les rejoignit dans l'entrée, le sourire aux lèvres et un torchon à la main.

— Excuse-moi, j'étais en train de ranger la cuisine, dit-il. Faith a voulu faire du pop-corn avec du beurre, tout est gras ! ajouta-t-il en riant.

Faith regarda ses mains, grimaça, puis les essuya sur son jean.

— Faith ! Va te laver les mains correctement, s'il te plaît, la somma-t-il.

— D'accord, papa, se résigna Faith en prenant le chemin de la salle de bain.

— Attends, l'interrompit son père. Tu avais demandé qui c'était avant d'ouvrir la porte ?

— Mais c'était Elena ! s'indigna-t-elle. On l'adore, c'est toi-même qui me l'as dit. Je n'avais pas besoin de lui demander qui c'était !

Elena réprima un sourire, flattée d'entendre ce que Brent avait dit sur elle avant qu'elle n'arrive, même si c'était à sa fille.

— Oui, d'accord, concéda Brent, en adressant un clin d'œil à Elena. Mais, à moins que tu aies des super-pouvoirs, tu ne pouvais pas savoir qu'il s'agissait d'Elena avant d'ouvrir la porte. Tu es d'accord avec moi ?

— Oui, papa, répondit Faith en baissant le regard.

— Faith, qu'est-ce que je te répète tout le temps ?

— Qu'on doit demander qui c'est avant d'ouvrir la porte.

— Et ?

Faith tordit sa bouche en regardant ses pieds et en se tortillant, réalisant son erreur.

— Et que si je ne sais pas qui c'est, je n'ai pas le droit d'ouvrir la porte. Mais je connais Elena ! Alors tu ne dois pas me gronder ! argumenta-t-elle avec une véhémence adorable.

— Mouais... fit son père, attendri. Allez, va vite te laver les mains ! lui dit-il à nouveau d'un air plus amusé que sévère.

Aussitôt, Faith se mit à courir en direction de la salle de bain, puis s'arrêta au bout du couloir.

— Je suis contente que tu sois là ! lança-t-elle à Elena. En plus, t'es super belle ! Même papa l'a dit.

Puis elle disparut, laissant Elena et Brent dans un silence gêné. Brent soupira d'un air faussement exaspéré, tandis qu'Elena tentait de calmer les papillons qui virevoltaient dans son ventre.

— Tu as vraiment dit ça ? demanda finalement Elena d'un air espiègle.

Elle savait qu'elle n'aurait pas dû demander, mais c'était plus fort qu'elle.

— Euh... Oui, je l'ai dit, répondit Brent en la regardant dans les yeux. Enfin, disons que je n'ai fait que répondre à une question de Faith, précisa-t-il.

— Ah... dit-elle en faisant mine d'être déçue. Donc tu ne dis pas à tout le monde que tu me trouves jolie ?

— Non, admit-il en riant.

— Mais tu le penses ? insista-t-elle.

— Oui, je viens de te le dire ! rétorqua-t-il, gêné.

Elle le fixa un instant. Elle savait qu'elle s'engageait sur un terrain glissant, mais elle était incapable de résister.

— Ça me fait plaisir de l'entendre, dit-elle. Ton avis compte pour moi, ajouta-t-elle dans un murmure.

Il la regarda avec un air qu'il voulut impassible, mais elle l'avait suffisamment observé au cours des derniers mois pour savoir qu'il était touché par sa remarque.

— Vraiment ? Et pourquoi ça ? demanda-t-il finalement.

Le cœur d'Elena se mit à battre à toute allure, à tel point qu'elle se demanda si Brent ne l'entendait pas. Elle était gênée, mais elle décida de saisir la perche qu'il venait de lui tendre pour faire un pas vers lui.

— Tu ne t'en doutes pas ? lui demanda-t-elle en le regardant dans les yeux.

Brent ne répondit pas, se contentant de soutenir son regard. Ce silence mit Elena encore plus mal à l'aise et elle s'en voulut d'avoir posé cette question. Si ça se trouve, il ne comprenait pas du tout ce qu'elle essayait de lui dire et la prenait certainement pour une folle...

— Elena...

Il ne dit que cela, mais elle perçut le désir dans sa voix. À moins qu'elle ne l'ait imaginé ? Mais, une chose était certaine : il la regardait droit dans les yeux, et elle se sentait comme hypnotisée par son regard brun. Les secondes lui parurent une éternité jusqu'à ce qu'elle retrouve sa voix.

— Oui ? dit-elle finalement.

Brent sembla sur le point de dire quelque chose, mais il était comme tétanisé.

— Il faudrait que je te montre la cuisine, répondit-il enfin. Il y a des restes dans le réfrigérateur que tu pourras sortir pour le dîner...

Elle eut l'impression de tomber d'un seul coup dans un océan d'eau glaciale.

— Euh... oui, bien sûr, fit-elle, gênée.

— Je vais rentrer tard. Probablement vers trois heures, l'informa-t-il. Ça te va ?

— Oui, évidemment, répondit-elle avec un sourire pour cacher sa déception. Je suis là pour toi, ajouta-t-elle.

Malheureusement, elle comprit que pour Brent, elle n'était là que pour Faith – absolument pas pour lui.

SIX

BRENT AVAIT du mal à se concentrer sur son travail.
Il n'avait qu'une seule chose en tête : Elena. Son
sourire doux. Son corps élancé. Et son innocence qui
n'était qu'apparente.

Je suis là pour toi.

Avait-elle eu seulement conscience de ce que ces
mots avaient provoqué en lui ?

Il s'était forcé à ne pas répondre. Car, après tout,
peut-être ne pensait-elle pas à la même chose que lui ?
Mais non, ce n'était pas possible. Il avait clairement
senti qu'elle était aussi intéressée que lui.

Pourtant, cela ne voulait pas dire que c'était une
bonne idée. Au contraire, pensa-t-il, en regardant en
direction de Tyree qui était en train de parler avec
Reece, à l'autre bout du long bar en chêne.

— Tu as l'air distrait, lui dit Jenna en s'asseyant sur le tabouret à côté du sien, une main posée sur son ventre de plus en plus rond.

— Pas du tout, protesta-t-il. Qu'est-ce qui te fait dire ça ?

— Peut-être le fait que tu regardes ce devis depuis au moins dix minutes, répondit-elle en riant.

Il regarda le dossier qu'il tenait ouvert dans ses mains et qui contenait l'offre qu'une société de sécurité lui avait transmise pour l'installation d'un système de vidéosurveillance plus performant.

— Excuse-moi... J'étais juste...

— Tu étais en train de penser à l'emplacement des futures caméras ? l'interrompit-elle d'un air moqueur. Je comprends tout à fait, c'est un sujet tellement passionnant...

Il posa le dossier en soupirant et regarda Jenna, qui était l'une de ses deux meilleures amies.

— Okay. J'abandonne ! déclara-t-il. Ça va, toi ?

— Très bien ! répondit-elle.

Elle marqua une pause et l'observa avec un sourire bienveillant.

— Faith avait l'air contente de retrouver Elena ? finit-elle par demander.

— On ne peut rien te cacher, c'est ça ? répondit-il

en comprenant qu'elle avait deviné ce qui le préoccupait. Jenna... ce n'est pas une bonne idée.

— Pourquoi ? lui demanda-t-elle, sans faire semblant de ne pas comprendre ce qu'il voulait dire, ce dont il lui fut reconnaissant.

Il soupira. Il n'avait pas envie d'avoir cette conversation, mais il connaissait suffisamment Jenna pour savoir qu'elle n'allait pas abandonner.

— Elle est trop jeune... répondit-il.

— Oh, je t'en prie ! s'exclama Jenna avant de boire une gorgée du verre d'eau que Cameron, le gérant du week-end, venait de lui servir. Si elle avait trente-trois ans et toi quarante-trois, ça ne te poserait pas de problème, ajouta-t-elle.

—C'est vrai, concéda-t-il. Mais à trente-trois ans, elle aurait déjà construit un peu sa vie. Elle aurait une certaine stabilité professionnelle. À vingt-trois ans, elle commence à peine. Elle est encore étudiante, tu te rends compte ?

— Et alors quoi ? rétorqua Jenna. Parce que tu crois qu'à trente ans on franchit une ligne magique qui nous propulse dans une vie établie et stable ? Dans ce cas pourquoi est-ce que tu n'es pas encore en couple avec une fille de trente ans ? Je sais parfaitement qu'elles sont nombreuses à avoir franchi ces portes et à t'avoir laissé leur numéro. Mais je sais aussi que tu n'en rappelles quasiment aucune. Tu en as brisé des cœurs, Brent.

— Ça va, Jenna... murmura-t-il.

Pendant une seconde, elle sembla vouloir continuer à argumenter, mais elle se ravisa finalement.

— Écoute, Brent, je sais ce qui te fait peur. Je t'assure, ajouta-t-elle doucement. Mais toutes les femmes ne partent pas, tu sais ? Je voudrais tellement que tu sois heureux...

— Mais je *suis* heureux, la rassura-t-il.

Il le pensait sincèrement. Il avait sa fille, ses amis, un travail qu'il aimait – même si ce n'était pas aussi trépidant que son ancien travail de flic. Au fond, il était vraiment heureux. Mais il savait qu'il lui manquait quelque chose.

— Tente ta chance, Brent, lui dit-elle comme si elle avait lu dans ses pensées. Tu n'as qu'un pas à faire. Tu te le dois...

— Je ne sais pas, répondit-il. La seule personne à qui je dois quelque chose, c'est Faith. Elle n'a que moi, tu sais. Et je ne veux prendre aucun risque.

Jenna soupira, dépitée. Elle connaissait son histoire. Sa mère avait succombé à un cancer des ovaires lorsqu'il était dans sa première année d'université. Il s'était alors éloigné de son père, lequel avait finalement déménagé dans l'Oregon. Brent avait pensé qu'il se rapprocherait à nouveau de son père une fois que celui-ci aurait fait son deuil. Mais il n'en avait pas eu le temps : son père avait trouvé la mort dans un accident de voiture – un accident dont Brent s'était toujours demandé s'il ne s'était pas plutôt agi d'un suicide.

Depuis, Brent savait mieux que personne que les gens que l'on aimait pouvaient partir du jour au lendemain. Et même s'il ne pouvait pas protéger Faith de la mort, il tenait à faire en sorte qu'elle ne s'attache pas à quelqu'un qui finirait par quitter sa vie, comme l'avait fait sa mère lorsqu'elle était toute petite.

— Tu nous as, dit doucement Jenna. Et Faith aussi. Tu le sais, Brent. Et toutes les femmes ne sont pas comme Olivia. Regarde-moi, par exemple, je n'ai pas quitté Reece. Je peux même t'assurer qu'il est coincé avec moi pendant un sacré bout de temps, ajouta-t-elle en riant pour détendre l'atmosphère.

— Tu as raison, répondit Brent, amusé malgré lui. Bon, on se remet au travail ? Il faut vraiment que j'étudie ce devis et que je rappelle l'entreprise pour en discuter avec eux...

— Okay, dit-elle en le regardant droit dans les yeux. Tu sais que je t'aime ? lui demanda-t-elle.

— Je le sais, oui, répondit-il. Moi aussi je t'aime.

Il l'aida à se lever, et elle l'embrassa sur la joue

avant de retourner travailler, le laissant seul avec son devis.

Finalement, il réussit tant bien que mal à travailler. Après avoir appelé l'entreprise, il signa le devis et leur renvoya par email, pour accord. Puis il passa un coup de fil à Landon afin de savoir s'il avait du nouveau sur les tagueurs qui s'en prenaient au *Fix*. Mais, durant tout ce temps, Elena était dans ses pensées. C'était comme une présence sensuelle qui faisait partie de lui et dont il était incapable de se défaire.

Elle était encore dans son esprit quand, à trois heures du matin, il rentra finalement chez lui. Lorsqu'il arriva, la maison était plongée dans le noir. Seule la télévision était allumée, ainsi que la lumière de la salle de bain, comme le demandait toujours Faith avant de s'endormir. Il entra dans le salon et vit Elena allongée sur le canapé. Il lui demanda comment s'était passée la soirée, mais elle ne lui répondit pas, et il se rendit compte qu'elle dormait. Il se dirigea alors tout douce-ment vers la chambre de Faith et découvrit avec satis-faction sa fille était profondément endormie, accrochée à Cracker Jack, un lémurien en peluche qui était devenu son plus grand ami. Il l'embrassa en prenant soin de ne pas la réveiller, puis quitta sa chambre sur la pointe des pieds, et retourna dans le salon.

— Elena, murmura-t-il en posant une main sur son épaule pour la réveiller doucement. Je suis là, tu peux rentrer chez toi, ajouta-t-il.

Les yeux toujours fermés, Elena bougea légèrement et prit sa main dans la sienne. Dans un demi-sommeil, elle gémit légèrement et attira la main de Brent contre sa joue. Aussitôt, il sentit sa queue se durcir et un frisson le parcourir. Il se figea, craignant de rompre le charme de l'instant. Pourtant, il avait envie de la réveiller, de l'embrasser, de la toucher... Il avait beau se répéter qu'il ne le devait pas, il en mourait d'envie.

Mais, finalement, il recula, dégageant doucement sa main. Il n'essaya pas de la réveiller à nouveau et la laissa dormir sur le canapé. Bien sûr, c'était pour ne pas déranger son sommeil, mais, s'il était honnête, c'était aussi et surtout parce qu'il aimait la savoir chez lui.

Il la couvrit avec le plaid qui se trouvait dans la corbeille près de la télévision, puis alla dans sa chambre. Il mit une éternité à s'endormir, tournant et retournant dans son lit. Lorsque son réveil sonna, à huit heures, il avait l'impression de n'avoir dormi qu'une heure ou deux. Malgré tout, avec plus d'empressement que d'habitude pour un dimanche matin, il sauta de son lit, enfila un t-shirt, et se précipita dans le salon, s'attendant à voir Elena.

Lorsqu'il découvrit qu'elle n'était plus là, la déception lui noua l'estomac. Il aurait aimé la voir, commencer sa journée en la regardant, réchauffé par son sourire.

— Bonjour, papa !

Il se retourna, et découvrit Faith, les cheveux en bataille et les yeux encore à moitié fermés. Elle se serra contre lui et il se baissa pour la prendre dans ses bras.

— Bonjour, ma chérie. Alors, comment s'est passée ta soirée avec Elena ?

— C'était super ! répondit Faith, se réveillant d'un seul coup. Elle m'a fait des spaghettis. Ensuite, nous avons fait des biscuits, et on a joué à des jeux. J'ai gagné à toutes les parties de cache-cache ! déclara-t-elle fièrement.

— Ça ne m'étonne pas, lui dit-il en riant. T'es trop forte !

Il se redressa pour préparer les gaufres pour le petit-déjeuner, tandis que Faith lui raconta dans les moindres détails les endroits où elle s'était cachée, les chansons qu'elles avaient chantées, et la recette des biscuits.

Une fois le petit-déjeuner terminé, Faith s'installa devant la télévision et lui lut le journal qui lui était livré tous les dimanches matin. Ils allèrent ensuite faire quelques courses, et, à leur retour, il lui demanda de ranger sa chambre pendant que lui s'occupait de reste de la maison. Dans l'ensemble, ce fut un dimanche comme les autres, jusqu'à ce que la sonnette retentisse à treize heures, annonçant le retour d'Elena.

— Elena ! s'écria Faith lorsque Brent ouvrit la porte.

— Coucou, mademoiselle ! lui dit Elena en s'agenouillant pour l'accueillir dans ses bras. Tu aurais dû me réveiller, dit-elle à Brent en se relevant, Faith toujours dans ses bras. J'ai dû avoir l'air d'une squatteuse, ajouta-t-elle en riant. Je suis désolée.

— Pas du tout, la rassura Brent. Tu avais l'air de dormir tellement bien que je n'ai pas voulu te déranger.

Ce n'était pas exactement la vérité, mais il préféra ne pas tout lui dire.

— J'ai fait un drôle de rêve, déclara-t-elle en posant Faith par terre et en entrant dans le couloir.

— Ah bon ? Quel genre de rêve ? demanda-t-il en refermant la porte et en la suivant dans le salon.

— Je ne me souviens pas bien. Je sais juste que c'était étrange, mais très agréable, dit-elle en le regardant droit dans les yeux avec un large sourire.

À nouveau ces frissons. Décidément, elle lui faisait vraiment de l'effet.

Merde.

— C'est dommage que tu ne sois pas resté ce matin, dit-il. J'étais déçu de ne pas te voir.

Il n'arrivait pas à croire qu'il venait de dire cela. Il aurait aimé pouvoir ravaler ses mots, mais c'était trop tard.

— Vraiment ? lui demanda-t-elle, l'air ravi.

— Oui, vraiment. J'aurais aimé que tu goûtes mes gaufres et que tu me dises si elles sont aussi meilleures que celles de ton père, tenta-t-il de se rattraper.

— C'est trop mignon, dit-elle avec un bonheur non dissimulé. Je veux bien que tu m'en fasses tous les matins...

Il la regarda, gêné. Il aurait aimé répondre quelque chose de normal, mais, avec elle, tout semblait avoir un double sens et il avait peur de s'enfoncer encore davantage.

— Bon, allez, il faut que j'y aille, dit-il finalement en changeant de sujet. Merci d'être venue aujourd'hui. Il faut vraiment que je découvre qui sont ces tagueurs, lui dit-il.

Il avait en effet rendez-vous avec Landon pour visualiser des images de vidéosurveillance que les établissements voisins du *Fix* avaient accepté de lui donner.

— Ce n'est pas la police qui se charge de ça ? lui demanda-t-elle en plissant le front.

— Si, mais je n'arrive pas à rester en-dehors de l'enquête. J'étais flic avant, tu sais ?

— Oui, je sais... J'aurais aimé te connaître à ce moment-là d'ailleurs.

Il la regarda d'un air confus.

— Comment ça ?

— Je suis sûre que tu devais être magnifique en uniforme, répondit-elle avec une voix légèrement plus grave, presque rauque.

Il continua de la regarder dans les yeux et s'avança vers elle.

— Qu'est-ce que tu fais, Elena ?

— Rien, je suis juste honnête, dit-elle en baissant le regard.

Elle s'interrompit quelques secondes puis releva ses beaux yeux marron vers lui.

— Tu as dit que j'étais jolie, tu te souviens ? Je te retourne le compliment, c'est tout.

Il ne répondit rien, trop occupé à lutter contre son envie de la toucher et de l'embrasser.

— Est-ce que ça te manque ? demanda-t-elle finalement pour rompre le silence.

Il la regarda d'un air interrogateur.

— D'être flic, précisa-t-elle.

Il hésita un moment avant de répondre, puis acquiesça.

— Oui, ça me manque. Mais c'est un travail dangereux. Et j'ai des responsabilités plus importantes maintenant...

— C'est vrai. Et tu ne prends pas beaucoup de risque, n'est-ce pas ? murmura-t-elle en plongeant son regard dans le sien.

Il soutint son regard, son cœur battant la chamade.

— En effet, je ne prends pas de risque, répondit-il finalement.

SEPT

ELENA VÉRIFIA la température des deux gâteaux qu'elle avait sortis du four de son père une heure auparavant.

— Ils ont suffisamment refroidi pour mettre le glaçage ? demanda Tyree.

— Oui, je crois, répondit-elle, satisfaite.

Faith avait dit à Brent qu'elle voulait un gâteau fait maison pour sa fête d'anniversaire qui devait avoir lieu le lendemain, et, lorsque Brent lui avait dit qu'il n'avait pas le temps de le faire et qu'il avait de toute façon peur de le rater, Elena lui avait proposé de s'en occuper. Elle avait alors fait appel aux talents de cuisinier de son père pour être certaine de ne pas décevoir la petite fille.

— Merci de m'avoir aidée, lança-t-elle à son père avec un sourire reconnaissant.

— Ne me remercie pas. C'est à moi que ça fait plaisir, lui répondit-il en déposant un baiser sur sa joue. Je suis heureux d'avoir pu faire ça pour Faith et pour toi.

— Pas pour Brent ?

Elle regretta aussitôt d'avoir posé la question. Depuis qu'elle avait commencé à travailler pour Brent, elle se sentait gênée vis-à-vis de son père. Tout comme elle se sentait gênée vis-à-vis de Brent, pour d'autres raisons. Depuis qu'il avait coupé court à sa tentative de rapprochement, le dimanche précédent, il s'était montré distant envers elle. Poli, mais distant, et cela la mettait terriblement mal à l'aise.

Pourtant, de temps en temps, elle le surprenait en train de la regarder d'une manière qui la faisait vibrer. Elle sentait qu'il y avait quelque chose entre eux – elle en était certaine.

Une nuit, tandis qu'elle s'était allongée sur le canapé pendant que Faith dormait dans sa chambre, elle l'avait entendu rentrer. Il était quatre heures du matin, et elle avait fait semblant de dormir. Il s'était alors approché d'elle et s'était assis sur la table basse. Elle avait senti son regard sur elle, et son cœur s'était mis à battre à toute allure, à tel point qu'elle craignit qu'il ne la trahisse et que Brent comprenne qu'elle ne dormait pas vraiment. Visiblement, ce ne fut pas le cas. Doucement, il avait posé sa main sur son épaule dénudée et s'attarda quelques secondes avant de la secouer légèrement pour la réveiller. Elle avait fait mine de se réveiller d'un air groggy alors que, en réalité, elle n'avait jamais senti son corps et ses sens aussi éveillés. La sensation de sa main posée sur sa peau nue avait été si intense qu'elle la sentait encore.

Le souvenir de cet épisode lui brûla les joues tandis qu'elle se concentrait sur la confection de son glaçage. À côté d'elle, Tyree versa le cacao dans le bol du mixeur. Il n'avait pas répondu à sa question. Elle leva alors rapidement les yeux vers lui et remarqua aussitôt la tension sur son visage.

— Papa ?

Il la regarda, se forçant à sourire.

— Ça va ? lui demanda-t-elle.

— Oui, ça m'a l'air pas mal. Qu'est-ce que tu en penses ? répondit-il en prenant le beurre dans le réfrigérateur.

— Ce n'est pas ce que je voulais dire, tu le sais très bien... Tu ne m'as pas répondu, pour Brent.

Tyree soupira.

— Tu veux vraiment avoir cette conversation ?

Sa voix était calme, mais tendue.

— Oui, mentit-elle.

Elle craignait d'aborder le sujet, mais elle voulait percer l'abcès.

Tyree expira longuement, comme pour se donner le courage d'affronter un sujet qu'il aurait préféré éviter.

— Okay, dit-il. Que se passe-t-il entre vous deux ?

— Rien, s'empressa-t-elle de répondre.

Elle ne s'était pas préparée à ce qu'il entre si directement dans le vif du sujet.

Son père la regarda d'un air dubitatif, les sourcils arqués.

— Je t'assure, reprit-elle en reculant, malgré elle. Il ne se passe rien du tout...

— Parfait, dit alors Tyree. Ce serait bien que vous continuiez comme ça, dans ce cas, ajouta-t-il.

Elle le regarda en fronçant les sourcils. Si elle comprenait que la situation puisse le mettre mal à l'aise, elle était majeure et il n'avait pas son mot à dire sur ses relations. De toute façon, cela faisait maintenant plus d'une semaine qu'elle gardait Faith, et bien que l'attirance entre elle et Brent devenait de plus en plus évidente, il n'avait pas fait un seul pas vers elle. Et, bien sûr, elle non plus.

Peut-être qu'elle se faisait des idées ? Pourtant, elle voyait bien qu'il la regardait, qu'il semblait troublé quand elle s'approchait de lui. Non, elle ne rêvait pas, et...

— Elena ?

Interrompue dans sa réflexion, elle leva les yeux vers son père. Un instant, ni l'un ni l'autre ne parla, comme deux joueurs d'échecs qui prenaient le temps d'observer le jeu de l'autre avant d'avancer leurs pions.

— Quel est le problème avec Brent ? demanda-t-elle finalement. Je croyais qu'il était ton ami...

— Et je croyais qu'il n'y avait rien entre vous.

Échec et mat.

— Tu as totalement raison, il n'a pas du tout l'air de s'intéresser à moi, répliqua-t-elle, dévoilant du même coup ses sentiments.

Tyree mixa le sucre, le lait et le cacao.

— Et toi ? Tu t'intéresses à lui ? lui demanda-t-il lorsqu'il eut terminé.

Elle ne répondit pas, se contentant de le regarder d'un air défiant jusqu'à ce que, finalement, il baisse la garde.

— Écoute, Brent est l'un de mes meilleurs amis, et c'est aussi l'un des meilleurs hommes que je connaisse. Il est intelligent, honnête, gentil...

— Mais quoi ? lui demanda-t-elle pour l'encourager à aller au fond de sa pensée.

— Mais, ma puce... il a presque dix ans de plus que

toi ! s'exclama-t-il comme s'il s'agissait d'un argument imparable.

— Et alors ? Toi et maman étiez jeunes quand vous vous êtes rencontrés.

— Elena, ne fais pas semblant de ne pas comprendre, s'il te plaît. Tu es ma fille… Et même si toi et moi nous sommes retrouvés il y a peu de temps, je te connais suffisamment pour savoir que tu as des rêves. Or, rester à Austin n'en fait clairement pas partie…

— Je…

Elle voulut protester, mais en fut incapable. Son père avait raison. Elle rêvait de travailler pour une société de conseil qui l'amènerait à voyager dans tous les États-Unis pour se rendre dans des petites villes dont elle aiderait à mettre en valeur le patrimoine historique.

— Comprends-moi bien, reprit Tyree. Je ne veux pas te dire avec qui tu dois sortir, mais je doute que Brent soit le candidat idéal. C'est un père, et je le connais suffisamment pour savoir qu'il veut protéger sa fille.

— Papa, je…

— Tu devrais mettre ce glaçage sur les gâteaux, l'interrompit-il, lui faisant comprendre que la conversation était terminée.

Elle pensa à Hannah, et à la tension qu'il y avait

entre elle et ses parents à cause de Matthew. Elle ne voulait pas vivre cela avec Tyree, pas alors qu'elle venait juste de le retrouver.

Mais elle ne voulait pas non plus faire comme s'il n'y avait rien entre elle et Brent. Certes, pour l'instant, rien ne s'était encore passé. Mais que se passerait-il si Brent se décidait à sauter le pas ? Elle savait que Tyree avait raison, qu'elle finirait tôt ou tard par partir d'Austin et que Brent ne supporterait pas que sa fille souffre une nouvelle fois.

Leur histoire était vouée à l'échec, elle devait l'admettre. Elle devait cesser de se faire des illusions et écouter son père.

———

Six ans déjà.

Comment le temps avait-il pu passer aussi vite ?

Assis sur le banc qu'il avait installé sous le pacanier, Brent observait les princesses et les pirates se pourchasser dans le jardin, leurs cris joyeux résonnant probablement dans tout le quartier.

— J'ai l'impression que c'est un succès, lui dit Elena en s'approchant de lui. Félicitations !

Il rit.

— C'est grâce à toi. Si tu ne m'avais pas suggéré le

thème « Princesses et pirates », je n'en aurais jamais eu l'idée. Tout ce que j'ai eu à faire, c'est à me connecter sur Internet pour commander les déguisements et les accessoires… Je n'ai été que la petite main dans l'histoire, conclut-il en lui souriant.

— En tout cas Faith a l'air vraiment heureuse. C'est tout ce qui compte, répondit-elle en suivant du regard la petite fille qui courait entre les tables inondées d'accessoires, de jeux et de confiseries.

— Oui, c'est vrai, approuva Brent, souriant en regardant sa fille.

Faith, avec son caractère original, avait décidé qu'elle serait à la fois une princesse et un pirate. Alors que les autres petites filles portaient une longue robe et un diadème sur la tête, et que les garçons étaient équipés d'un chapeau de pirate noir et d'une épée en plastique, elle avait à la fois la robe, l'épée, le chapeau et le diadème par-dessus.

Il leva les yeux vers Elena, puis se décala pour lui faire de la place. Lorsqu'elle s'assit à ses côtés, il réalisa à quel point le banc était petit pour deux adultes. Généralement, il le partageait avec Faith.

— J'étais en train de me dire que le temps passait tellement vite… dit-il pour tenter de faire diversion.

— C'est vrai…

— Méfie-toi, tu vas avoir terminé l'université avant

même de t'en rendre compte, lui dit-il avec un sourire, la faisant éclater de rire.

— Mais vu que je viens de commencer, tu ne vas pas te débarrasser de moi si rapidement... répondit-elle avec un clin d'œil.

Il voulut lui dire qu'il était heureux qu'elle soit là, mais il en fut empêché par l'arrivée de Rayleen.

— La fête est très réussie, dit-elle. Je suis désolée d'arriver si tôt, mais je dois déposer Kyla chez son père. C'est son week-end...

— Bien sûr, répondit Brent, en imaginant à quel point il serait triste s'il n'avait sa fille que la moitié du temps. Faith ! appela-t-il.

Mais la petite fille était trop occupée à diriger son royaume pour l'entendre.

— Je vais aller la chercher, dit Elena. Et je t'envoie Kyla, ajouta-t-elle en direction de Rayleen.

Alors que Rayleen retourna vers le portail, Brent regarda Elena se plonger dans la horde d'enfants. Elle avait un don avec eux. Elle semblait dans son élément, et Faith l'adorait. C'était aussi elle qui avait fait le gâteau et imaginé le thème de la fête. En fait, elle avait endossé le rôle de l'hôtesse sans même qu'il s'en aperçoive.

En prenant conscience de cela, il se dit qu'il aurait dû se sentir envahi. Mais ce n'était pas le cas. Au contraire, il trouvait agréable de l'avoir à ses côtés. De plus en plus agréable même. Chaque jour, son attirance pour elle devenait plus forte, et il devait lutter de plus en plus pour ne pas succomber à son désir.

Alors qu'il s'apprêtait à se lever pour aller chercher une bière et préparer le barbecue qu'Elena lui avait suggéré de faire pour les adultes, Reece se glissa à côté de lui, lui tendant une bière blonde Sam Adams.

— J'allais justement aller m'en chercher une ! déclara Brent en prenant la bouteille des mains de son ami.

— Je lis dans les pensées, tu ne savais pas ? répondit Reece avec un clin d'œil.

Ils trinquèrent, puis, tandis qu'ils burent une longue gorgée en même temps, Brent remarqua que Reece regardait dans la direction d'Elena. Mais il ne dit rien.

— Ils forment un beau couple, dit-il en faisant un signe de tête en direction de Landon et Taylor.

— C'est vrai, approuva Brent.

Son ton était méfiant, car il savait où Reece voulait en venir. Le couple que formaient Landon et Taylor était assez similaire à celui qu'il aurait pu former avec Elena, Taylor étant beaucoup plus jeune que Landon.

— Ton père n'aurait pas du tout apprécié de les voir ensemble, reprit Reece.

Brent le regarda avec un sourire. Il savait pertinemment qu'il parlait en réalité d'Elena et lui.

— Je ne crois pas, en effet, confirma-t-il. Mais je n'étais que rarement d'accord avec lui, de toute façon...

— Je sais, et ça me fait plaisir que tu t'en souviennes. Ce serait dommage de passer à côté d'une belle histoire à cause de préjugés stupides, n'est-ce pas ? demanda Reece en regardant Brent droit dans les yeux. Ce serait même encore pire si c'était à cause de la peur...

— Okay... donc Jenna t'a parlé ? demanda Brent, connaissant déjà la réponse.

— Disons qu'on est mariés et qu'il nous arrive de discuter, en effet, répondit-il avec un sourire malicieux.

Reece et Jenna s'étaient en effet mariés quelques semaines auparavant lors d'une cérémonie intime. Ils prévoyaient d'organiser une plus grande fête après que Jenna aurait accouché.

— Sauf que Landon n'a pas d'enfant, précisa Brent. Si jamais Taylor le quitte, le seul qui souffrira, c'est lui.

— Peut-être, répondit Reece. Mais combien de temps est-ce que tu comptes te cacher derrière ta fille ?

Avant que Brent ne puisse répondre, Reece se leva et se mêla aux enfants, laissant son ami réfléchir à ce qu'il venait de lui dire.

HUIT

LA SEMAINE PRÉCÉDENTE, Brent avait embauché un nouvel agent de sécurité pour compléter son équipe. Il ne pouvait pas encore laisser les deux hommes de son équipe se débrouiller complètement seuls, mais il pouvait quand même rentrer plus tôt chez lui, ce qu'il fit en ce dimanche soir. Même s'il regrettait de ne pas trouver Elena endormie sur son canapé, il avait hâte de la retrouver.

Lorsqu'il rentra enfin chez lui, il eut la surprise de la découvrir dans sa cuisine, en compagnie de Faith, couverte de farine.

— Papa ! s'écria Faith en le voyant arriver

— Je suis vraiment désolée, s'excusa Elena, s'essuyant le nez et laissant une trace blanche sur sa peau.

Faith a oublié de dire que sa classe organisait une fête pour son anniversaire lundi et qu'elle devait amener des gâteaux. Nous nous sommes donc lancées dans des cupcakes. Et quand je lui ai dit que mon anniversaire était demain, elle a voulu m'aider pour que je puisse en ramener un à la maison comme cadeau d'anniversaire.

— Joyeux anniversaire ! répondit Brent, amusé. J'ai l'impression que l'ouragan Faith est passé par là, ajouta-t-il en balayant la pièce du regard.

— Nous avions prévu de tout nettoyer avant ton retour, n'est-ce pas, Faith ?

Faith hocha la tête en regardant son père d'un air de chien battu.

— En plus, l'heure du coucher est passée, s'alarma-t-elle en découvrant l'heure. Je suis vraiment désolée. Je vais vite la coucher, et ensuite je te remets tout ça en ordre ! dit-elle à Brent en prenant le même air que Faith.

— Ne t'inquiète pas, répondit-il en riant. Ce n'est vraiment pas grave.

— Non, mais si ! Enfin non, mais bon...

Elena semblait tout à la fois désolée et paniquée.

— J'ai une idée, ajouta-t-elle en lui servant une tasse de café. Bois ça, détends-toi, et je reviens tout de suite.

— Okay, merci, dit-il en prenant la tasse qu'elle lui tendait, amusé par son agitation.

Il posa ensuite la tasse sur le bar de la cuisine et prit sa fille dans ses bras.

— Bonne nuit, ma chérie, lui dit-il en la serrant contre lui. Fais de beaux rêves, d'accord ?

— D'accord, papa, répondit Faith avant de suivre Elena dans le couloir, jusqu'à sa chambre.

Le café était bon, mais, vu l'heure, il eut plutôt envie de vin. Il prit une bouteille dans la petite cave à vin : un bon rouge de Californie dont il avait récemment acheté plusieurs bouteilles. Il en servit deux verres.

— Je crois qu'elle dort enfin, dit Elena, en rejoignant Brent dans sa cuisine, et en prenant le verre de vin qu'il lui offrait.

Il ne l'avait jamais vue si épuisée auparavant. Ses cheveux courts étaient ébouriffés, et son maquillage avait légèrement coulé. Non seulement elle était toujours aussi belle, mais en plus, ce soir-là, elle lui parut accessible. Et il n'était pas sûr que ce soit une bonne chose.

— Je suis vraiment désolée de ne pas l'avoir couchée plus tôt, ajouta-t-elle. Elle a voulu regarder un autre dessin animé, et nous avons choisi *Les Indestructibles*. Ce n'était peut-être pas le meilleur choix pour la calmer... Car, à la fin, elle a décidé qu'elle voulait construire un fort pour ses animaux en peluche.

— Aucun problème, la rassura-t-il avec un petit rire.

Il n'était pas surpris ; il connaissait bien Faith.

— C'est juste qu'elle va être de mauvaise humeur demain, et qu'elle va m'en faire baver, ajouta-t-il.

Elena eut l'air horrifiée, et il s'en voulut immédiatement de ne pas avoir tenu sa langue. Il dut lutter contre l'envie de la prendre dans ses bras et de l'embrasser pour faire disparaître l'inquiétude sur son visage. Il ne pouvait pas faire cela. Pas avec elle. Pas avec la fille de son patron, et de son ami. Et certainement pas avec sa baby-sitter...

— Sérieusement, dit-il pour la rassurer, ce n'est pas grave. Les enfants n'aiment pas aller au lit et ils inventent n'importe quoi pour éviter de se coucher. Ça arrive. Et j'apprécie vraiment que ce que tu fais pour moi. Je sais que la garde d'enfants n'était pas ton choix de carrière numéro un, plaisanta-t-il.

— C'est vrai, mais je suis ravie de pouvoir t'aider. Vraiment. Et puis, Faith est une petite fille formidable. En plus, tu sais comment se passe l'université... Que je travaille ici ou chez moi, c'est pareil.

— Pour tout te dire, je ne sais pas bien, non... Je suis passé de flic, à responsable de la sécurité, et maintenant propriétaire d'un bar et associé de ton père. Alors l'université, je ne connais pas bien...

Il avait besoin de lui rappeler cela, autant qu'à lui-même, d'ailleurs. Il ne voulait pas qu'elle se fasse une fausse image de lui. Car il sentait qu'elle était aussi attirée par lui. En fait, la première fois qu'ils s'étaient vus, ils avaient eu un véritable coup de foudre. Depuis, il la surprenait souvent en train de le regarder ; le désir entre eux était si palpable qu'il devait régulièrement s'obliger à penser à des choses désagréables pour se calmer.

Il se disait parfois que son attirance pour elle était due au fait qu'il était célibataire depuis longtemps et qu'il aurait tout aussi bien pu désirer n'importe quelle autre femme à peu près jolie qui aurait posé son regard sur lui. Mais il savait que c'était bien plus que cela... C'était elle, Elena. Et la manière qu'elle avait de le regarder avec un sourire doux, presque timide, qui, chaque fois, lui retournait l'estomac.

— C'est sympa, en tout cas, dit-elle. Que nous prenions le temps de bavarder, je veux dire. D'habitude, je pars dès que tu arrives...

— C'est vrai. Et puis c'est aussi que je ne veux pas prendre le risque de ruiner les cupcakes ! plaisanta-t-il.

— Je suis désolée pour ça aussi, dit-elle. J'aurais dû t'appeler pour te demander si je pouvais farfouiller dans ta cuisine. Mais, apparemment, elle en a besoin pour l'école.

— Mais tu as bien fait ! C'est juste que...

Il s'interrompit.

— Oui ? l'encouragea-t-elle.

Comment pouvait-il dire que la pièce lui parut soudain trop petite, mais qu'il savait parfaitement que ce n'était pas à cause de la chaleur du four ?

— Rien, dit-il finalement. J'ai oublié ce que j'allais dire.

Elle le regarda en penchant légèrement la tête sur le côté. Il lui sembla qu'elle s'apprêtait à lui dire quelque chose, et pendant une seconde, il craignit qu'elle ne lui dise qu'elle savait qu'il mentait. En réalité, il espéra presque qu'elle le ferait – cela aurait permis de crever l'abcès.

Ding !

— Ah ! C'est cuit ! dit-elle d'une voix un peu trop aiguë, qui trahissait la tension qu'elle ressentait, elle aussi.

Elle se pencha pour sortir les gâteaux du four, et Brent se força à ne pas admirer la courbe parfaite de son cul dans son jean moulant. C'était un *Lucky* – ce qui voulait dire « chanceux », en anglais. N'était-ce pas ironique ?

Elle posa le moule à cupcake sur un dessous de

plat, puis retira les gants de cuisine qu'elle avait enfilés pour se protéger de la chaleur.

— Voilà... Bon, je vais peut-être te laisser, maintenant que les cupcakes sont cuits...

— Il ne faut pas attendre qu'ils refroidissent ?

— Si, répondit-elle en riant. Mais je suppose que c'est dans tes cordes, non ? Faith pourra mettre le glaçage demain matin, et tu n'auras plus qu'à les mettre dans un Tupperware...

— Oui, c'est vrai que je devrais pouvoir m'en sortir, admit-il. Mais tu pourrais aussi rester et veiller à ce que je ne les range pas trop tôt ?

Elle le regarda en souriant, à la fois gênée et tentée par sa proposition.

— Si ça peut t'aider...

— Ou on peut aussi oublier les cupcakes et dire que tu restes, tout simplement, dit-il en s'approchant d'elle.

— Je... elle s'interrompit, ne sachant pas quoi répondre.

Tout son corps vibrait d'un désir intense tandis qu'il s'approcha encore un peu plus d'elle et passa un bras autour de sa taille.

— Brent... qu'est-ce que tu fais ? demanda-t-elle, timidement.

— Honnêtement ? Je crois que je vais t'embrasser, répondit-il d'une voix rauque.

— Oh...

Il vit à la fois de la surprise et du plaisir dans ses yeux.

— Mais tu n'en es pas sûr ? lui demanda-t-elle avec un sourire provocateur.

— Disons que je suis partagé entre mon envie de le faire, et ma conscience qui me dit que je ne devrais pas...

— Pourquoi pas ? demanda-t-elle d'une voix haletante, presque dans un murmure.

— D'abord parce que tu es plus jeune que moi. Et ensuite parce que tu es la fille de mon patron. La fille de mon ami. Et que je suis un père célibataire qui doit faire attention aux signaux que j'envoie à ma fille, dont tu es la baby-sitter...

— Aïe, que des arguments contre, donc ? conclut-elle avec un sourire moqueur.

— J'en ai bien peur, soupira-t-il.

— Je peux peut-être t'aider...

— Vraiment ?

— Oui, je crois, répondit-elle en approchant son visage du sien et en déposant un léger baiser sur ses lèvres.

Puis elle recula, se mordant la lèvre inférieure en

le regardant droit dans les yeux, comme pour le défier d'en faire plus.

Il hésita. D'un côté il avait l'impression de franchir une ligne rouge, mais, de l'autre, il se sentait incapable de résister plus longtemps.

Finalement, il l'attira contre lui, puis l'embrassa dans un long baiser, chaud et langoureux.

NEUF

ELENA SE LAISSA FONDRE contre lui. Elle n'en revenait pas d'avoir été si audacieuse. Mais elle ne regretta rien. Elle avait attendu ce baiser depuis tellement longtemps. Le goût de ses lèvres contre les siennes, la sensation de sa langue mêlée à la sienne, ses mains parcourant son dos. C'était exactement comme elle l'avait imaginé. À la fois émouvant, tendre, et terriblement excitant.

— J'adore le goût de tes lèvres, murmura-t-il d'une voix rauque en la regardant dans les yeux, avant de l'embrasser à nouveau.

Il posa sa paume sur sa nuque, serrant sa tête contre la sienne tandis qu'il explorait sa bouche, ses lèvres, ses dents, son palais…

— Tu es tellement belle, lui dit-il. J'avais envie de ça depuis tellement longtemps...

Elle soutint son regard et sourit en découvrant le désir intense qu'il y avait dans ses yeux. Soudain, elle eut terriblement envie de lui, de manière presque violente. Elle aussi avait attendu ce moment trop long-temps ; son corps exultait et n'avait plus le temps pour la circonspection.

— Moi aussi, lui avoua-t-elle. Depuis le premier instant où je t'ai vu. Tu te souviens de ce jour ? Quand je suis entrée dans le bar pour retrouver mon père ?

— Comment pourrai-je oublier ? C'est gravé dans ma mémoire, répondit-il en caressant ses cheveux. Tu étais – tu *es* – la plus belle femme que j'aie jamais vue. Je n'arrivais plus à te quitter des yeux. J'ai dû lutter pour ne pas te toucher et t'embrasser, ce jour-là, tu sais ?

Elle le regarda avec intensité, son cœur battant à toute allure.

— Tu peux me toucher maintenant, murmura-t-elle.

Il hésita un instant, continuant de la regarder dans les yeux.

— S'il te plaît, touche-moi, l'implora-t-elle, ne supportant plus de ne pas sentir sa main sur sa peau.

— Ma belle... susurra-t-il, laissant traîner ses doigts sur le tissu lâche de son t-shirt.

Jamais elle n'avait imaginé que le fait qu'un homme ne la touche pas puisse être si intensément érotique. Plus il retardait le moment de la toucher, plus elle était excitée. Ses mamelons pointaient contre la dentelle de son soutien-gorge, et elle sentait son sexe devenir chaud et humide. Pourtant, ce ne fut pas à cet endroit qu'il finit par la toucher. Doucement, il fit glisser un doigt le long de son cou, jusqu'à son épaule. Il l'effleurait seulement, gardant le désir qui les unissait en suspension, comme pour ne pas le consommer, le laisser intact.

— S'il te plaît, murmura-t-elle en fermant les yeux.

Lorsqu'enfin elle sentit ses doigts sur son sein, elle se cambra en arrière et haleta, puis joignit sa main à la sienne.

— Tu veux que je serre plus fort ? lui demanda-t-il.

— Je ne sais pas ce que je veux, répondit-elle doucement en gardant les yeux fermés. Je...

Elle s'interrompit, sentant ses joues devenir rouges.

— ... Je ne suis pas très expérimentée, ajouta-t-elle en rouvrant les yeux et en le regardant.

— Elena... Tu es... vierge ? lui demanda-t-il en prenant son visage dans ses mains.

— Non, non ! s'empressa-t-elle de répondre pour le rassurer. Je ne suis pas vierge, mais je n'ai pas non plus beaucoup d'expérience.

— Ça ne fait rien, dit-il doucement en lui souriant.

— C'est juste que je ne sais pas...

— Si, je t'assure que c'est le cas, répondit-il sans lui laisser le temps de terminer sa phrase. Sinon, tu ne me ferais pas cet effet, ajouta-t-il en lui prenant la main et en la guidant jusqu'à sa queue déjà raide.

Elle le caressa doucement, excitée et fière de ce qu'elle provoquait en lui. Sa queue était comme une promesse – la promesse d'un plaisir dont elle avait hâte de connaître les secrets.

— C'est ce que tu veux, Elena ?

— Oui, répondit-elle sans réfléchir ni hésiter. Mais pas tout de suite. D'abord, je voudrais...

— Laisse-moi faire, dit-il en mettant un doigt sur ses lèvres pour l'empêcher de parler. Et si ce que je fais ne te convient pas, tu as le droit de me le dire, d'accord ?

Elle acquiesça.

— Mais d'abord, je crois que nous devrions aller dans ma chambre. Je ne voudrais pas que nous soyons surpris au moment où tu seras sous moi, me suppliant de venir en toi...

Elle le regarda en souriant.

— Tu essayes de me tenter ?

— Évidemment. Mais je vois souvent juste...

Il avait raison, pensa-t-elle. Car elle avait hâte de le sentir sur elle, de sentir sa queue dure entre ses cuisses. Elle avait hâte de le sentir en elle. De se réveiller le lendemain matin dans ses bras. Et elle avait hâte de porter son empreinte en elle, de savoir ce que cela faisait d'être remplie de lui.

— À quoi penses-tu ? lui demanda-t-il alors qu'ils se dirigeaient vers sa chambre.

— Que je te veux en moi, répondit-elle sans détour.

— Je pensais exactement à la même chose, murmura-t-il en fermant la porte de sa chambre et en se tournant vers elle. Déshabille-toi...

Elle le regarda avec étonnement – elle n'était pas habituée à ce genre de demande.

— Vas-y, l'encouragea-t-il en s'asseyant sur le rebord de son lit. J'ai envie de te regarder.

Elle se sentit gênée et fut sur le point de protester, mais le désir la poussa à obéir. Cela l'excitait de se déshabiller devant lui, pour lui. Elle avait envie de voir le désir dans ses yeux posés sur elle, jusqu'à ce qu'il n'en puisse plus et qu'il l'attire à lui. Elle adorait la sensation d'être aimée par Brent ; c'était une sensation réconfortante qui l'enveloppait tout entière.

Elle saisit le bas de son t-shirt et remonta les mains doucement, découvrant petit à petit son ventre, ses côtes, et ses seins. Elle était si excitée que ses propres mains lui faisaient de l'effet. C'était comme si elles étaient téléguidées par lui, comme si c'était lui, déjà, qui la touchait.

Lorsqu'elle se retrouva en soutien-gorge devant lui, elle ressentit une certaine gêne, mais ne recula pas. Elle garda les yeux ouverts, et, timidement, fit glisser ses mains jusqu'à sa taille. Elle déboutonna son jean et défit la fermeture éclair, ses yeux toujours plongés dans les siens, tandis qu'elle mordait sa lèvre inférieure.

— Non, dit-il.

Pendant un moment, elle crut qu'il voulait qu'elle s'arrête. Mais elle réalisa alors qu'elle avait fermé les yeux.

— Regarde-moi. Garde les yeux rivés sur moi...

Elle rouvrit les yeux, juste à temps pour le voir succomber, incapable de lui résister, attiré par elle comme par un aimant. Elle sentit alors tout le pouvoir qu'elle exerçait sur lui lorsque, n'y tenant plus, il s'agenouilla devant elle et la prit par les hanches.

Doucement, il fit descendre son jean le long de ses jambes, révélant la dentelle noire qui couvrait son sexe. Il prit alors le temps de l'admirer, puis déposa ses lèvres sur son sexe. Il l'embrassa, de plus en plus fort, jusqu'à la sucer à travers sa culotte.

— J'ai envie de te goûter, grogna-t-il.

Elle haleta et, sans qu'elle n'en s'en rende compte, il la porta et l'allongea sur le lit. Il finit de retirer son jean et lui écarta les jambes. Elle était désormais entièrement offerte à lui, soumise, vulnérable, et elle adorait cela.

— Dis-moi ce que tu veux, murmura-t-il. Tu veux que je me déshabille ? Ou est-ce que tu préfères que j'enlève ta culotte et ton soutien-gorge ?

Elle le regarda, indécise. Il était tellement beau, tellement sexy... Elle avait hâte de découvrir son corps, d'admirer les muscles de son torse qu'elle avait si souvent imaginés. Elle n'avait qu'une envie : sentir en elle la preuve qu'il la désirait. Mais, dans le même temps, elle voulait continuer d'être à lui, de sentir son attention uniquement portée sur elle.

Elle se lécha les lèvres, hésitante. Puis, finalement, elle prit sa décision.

— Déshabille-moi, Brent, murmura-t-elle.

Son large sourire lui prouva qu'elle avait fait le bon choix, et, lorsqu'il se pencha en avant et qu'elle sentit son souffle dans le creux de son oreille, elle eut l'impression qu'elle allait jouir avant même qu'il n'ait le temps de pénétrer en elle.

— Bébé, murmura-t-il, tu n'as aucune idée à quel point tu me fais bander. J'ai hâte de te le faire découvrir...

———

Elle était tellement belle, tellement frémissante, que lorsqu'elle lui demanda de la déshabiller, Brent craignit de ne pas pouvoir résister à la vague de plaisir qui était sur le point de l'engloutir. Il avait dû faire appel à des forces insoupçonnées pour ne pas succomber. Seule la volonté d'être en elle, avec elle, l'avait fait tenir. Il voulait se sentir uni à elle, marcher avec elle sur cette ligne fragile et tellement douce qui séparait le plaisir de la jouissance. Il voulait entendre son souffle mêlé au sien, de plus en plus fort, et plonger avec elle dans un océan de plaisir.

Mais, surtout, il voulait prendre son temps.

Il voulait d'abord la goûter. Doucement, il monta sur le lit et la chevaucha. Malgré les vêtements qu'il portait encore, il sentit les frissons qui parcouraient sa peau douce, et il sut avec certitude qu'ils étaient faits l'un pour l'autre.

— Ferme les yeux, murmura-t-il.

Lorsqu'elle s'exécuta, il embrassa doucement chacune de ses paupières.

— Garde-les fermés, ordonna-t-il, tandis qu'il embrassa le reste de son visage, ses oreilles, ses cheveux, et le dessous de sa mâchoire. Jamais il n'avait autant aimé embrasser une femme.

Il descendit ensuite le long de son corps, embrassant son cou, jusqu'à sa poitrine. Délicatement, il retira son soutien-gorge, puis mordilla l'un de ses seins et caressa l'autre. Il aimait sa manière de se cambrer, de se laisser faire. Lorsqu'il fit glisser son autre main jusqu'à son entre-jambes, elle gémit, étouffant un cri de plaisir.

— Écarte tes jambes pour moi, lui demanda-t-il dans un souffle.

Elle s'exécuta, ses hanches bougeant délicatement au rythme de ses caresses. Elle plongea ses mains dans ses cheveux tandis qu'il faisait tourner ses doigts autour de son clitoris, faisant monter son excitation, mais aussi la sienne. Sa queue devenait de plus en plus dure, prête à la pénétrer.

— Prends-moi, le supplia-t-elle.

Comme pour lui donner un avant-goût de ce qu'il s'apprêtait à lui offrir, il introduisit trois doigts en elle. Il la regarda se cambrer, mue par le plaisir. Son corps semblait le supplier de lui donner davantage, tandis que ses légers gémissements emplissaient la pièce devenue moite. Il fit des va-et-vient avec ses doigts, lents, profonds, et elle se mit à bouger doucement, attirant son visage contre le sien pour l'embrasser, avec une fougue dont elle ne se savait pas capable. C'était comme si elle n'était plus tout à fait elle-même.

Il quitta ses lèvres et descendit sur elle. Il retira ses doigts pour retirer sa culotte et, dès qu'elle fut nue, il ferma sa bouche sur son sexe, effleurant son clitoris avec sa langue. Elle était douce, humide, délicieuse. Jamais il n'avait aimé à ce point lécher une femme.

Elle cria, le suppliant d'arrêter, puis de continuer, de ne jamais s'arrêter. Elle bougeait ses hanches de plus en plus, pressant sa tête contre elle de plus en plus fort, l'invitant à faire pénétrer sa langue plus profondément en elle. Elle le voulait.

C'était si intense que des larmes roulèrent sur ses joues tandis qu'elle murmurait son nom.

— Dis-moi, lui dit-il doucement. Dis-moi ce que tu veux.

— Toi, répondit-elle dans un souffle. Je te veux, toi, Brent.

— Dis-le-moi, répéta-t-il d'un ton plus ferme.

— Je te veux en moi. Je veux ta queue en moi, dit-elle d'une voix à peine audible. Baise-moi, Brent. Je t'en supplie.

— J'adore te voir comme ça, grogna-t-il.

Il ne se souvenait pas avoir déjà été aussi dur de sa

vie. Même s'il avait voulu prolonger le plaisir, il doutait qu'il puisse y parvenir encore longtemps. Il avait besoin d'être en elle.

D'un mouvement rapide, il défit la braguette de son jean et, trop pressé pour se déshabiller, il sortit sa queue et la pénétra. Dès qu'il fut en elle, ce fut comme un soulagement. Il se laissa glisser jusqu'au fond de son sexe, doucement, lentement, puis, lorsqu'il la sentit prête, il la prit de plus en plus vite, de plus en plus profondément, jusqu'à ce qu'elle le supplie, à son tour, de la prendre encore plus vite, et encore plus fort.

Elle se cambra contre lui. Leurs deux corps ne formaient plus qu'un, unis dans un désir désespéré de trouver la même délivrance, le même plaisir.

— Brent ! gémit-elle. Viens... Viens avec moi. Viens avec moi maintenant !

Tout son corps se raidit, son cœur tambourinant dans sa poitrine, comme une musique tribale. Il continua la danse, la guidant jusqu'à la pointe du plaisir, jusqu'à ce que leurs corps se brisent en même temps, vaincus et rassasiés. Il s'effondra sur elle, et elle s'accrocha à lui, puis ils revinrent ensemble sur la rive, à la réalité.

Il inspira profondément, épuisé. Alors qu'il reprit ses esprits, il sentit son délicieux parfum et prit conscience de ce qu'il venait de se passer.

— Qu'est-ce que tu me fais ? murmura-t-il en la caressant doucement.

— C'est plutôt à moi de te poser la question, rétorqua-t-elle.

Puis elle se retourna, le plaqua sur le dos, et le chevaucha.

— J'ai encore envie de toi, lui dit-elle en plongeant son regard dans le sien. Mais, cette fois, c'est moi qui mène la danse.

Il se laissa faire, acceptant de l'accompagner à nouveau dans l'aventure merveilleuse qu'ils venaient de vivre. Ils recommencèrent même une troisième fois – ce qui était un exploit compte tenu de l'intensité avec laquelle ils se découvraient.

Il se sentait épuisé.

C'était généralement le moment où il demandait à la femme de rentrer. Ou celui où il rentrait chez lui. Mais, avec Elena, c'était différent. Il la serra contre lui et se sentit incapable de se séparer d'elle.

— Reste, lui dit-il simplement.

Elle se blottit contre lui, et s'endormit.

DIX

LE TEMPS ÉTAIT PASSÉ sans qu'ils s'en aper-
çoivent. Il était déjà mardi – ou, plutôt mercredi, car il
était quatre heures du matin. Elena était recroque-
villée contre lui, nue, épanouie, tandis qu'il caressait
doucement sa poitrine avec son doigt.

— Attention, fit-elle mine de le prévenir. Tu vas
finir par réveiller à nouveau le volcan qui est en moi...

— Cette fois, je ne suis pas sûr de pouvoir, répondit-il en riant. Je suis complètement épuisé.

— C'est vrai que tu n'es plus un petit jeune, le
taquina-t-elle en mordillant légèrement sa poitrine. La
prochaine fois, je devrais peut-être...

Sans lui laisser le temps de terminer sa phrase, il la
fit basculer sur le dos, la chevaucha, et l'embrassa pour

étouffer son cri de surprise et que Faith ne les entende pas.

Mais ses lèvres avaient sur lui un effet aphrodisiaque auquel il était incapable de résister. Sentant sa queue se durcir à nouveau, il l'embrassa langoureusement tandis que sa main glissait jusqu'à sa vulve moite.

— Tu n'aurais pas dû me provoquer, murmura-t-il en glissant en elle.

— Je ne suis pas sûre, répondit-elle en haletant, bougeant ses hanches en même temps que les siennes. J'aime assez les conséquences, je dois dire…

Il lui sourit, continuant d'aller et venir en elle, d'abord lentement, puis de plus en plus vite. Accrochée à lui, elle se cambra, ouvrant ses cuisses le plus possible pour le laisser pénétrer en elle avec toute sa force. La vague revenait. Cette même vague qui les avait ensevelis, l'un et l'autre, encore et encore, depuis dimanche soir. Fermant les yeux, elle se prépara à plonger, puis, vaincue, elle étouffa un cri sur les lèvres de Brent, tandis qu'un énième orgasme se saisit d'elle tout entière.

Essoufflée, sans force, elle l'accueillit contre lui, se demandant comment elle allait pouvoir se séparer de lui le lendemain matin.

— Fais attention… Tu vas finir par me tuer, plaisanta-t-il en roulant sur le côté et la serrant contre lui.

— Je ne veux surtout pas avoir ta mort sur la conscience, rétorqua-t-elle en relevant la tête pour le regarder. D'ailleurs, il vaudrait peut-être mieux que j'y aille, ajouta-t-elle plus sérieusement. Faith va finir par se demander pourquoi elle n'a pas le droit d'entrer dans ta chambre avant que tu ne l'emmènes à l'école, et puis, même si j'adore être avec toi, je n'ai absolument rien fait pour l'université ces deux derniers jours…

— Tu sous-entends que j'ai une mauvaise influence sur toi ? lui demanda-t-il d'un air espiègle.

— Très mauvaise, répondit-elle en riant.

— J'adore l'idée…

— Machiavel ! lança-t-elle d'un ton joyeux.

Elle commença à glisser hors du lit, mais il la rattrapa par le poignet.

— Brent, j'adorerais rester avec toi, mais vu ce que me coûtent les frais d'université, j'ai plutôt intérêt à réussir mon année !

— Je suis tout à fait d'accord avec ça. Mais pourquoi ne viens-tu pas au bar ce soir ? C'est l'élection de Mister Novembre. Évidemment, il faudra que nous fassions semblant d'être seulement amis, mais ça me ferait vraiment plaisir de te voir là-bas. En plus, je suis sûr que ton père a hâte que tu lui présentes tes idées pour la campagne de mise en valeur du quartier…

Elle s'assit à côté de lui, le drap remonté sur ses

seins – ce qui était ridicule, maintenant qu'il connaissait son corps par cœur.

— Ce serait chouette, c'est vrai, confirma-t-elle. Il y a une éternité que je ne suis pas allée au *Fix*, en plus. Mais, à moins que j'aie raté un épisode, il me semble que Faith n'est pas encore assez grande pour rester toute seule, si ?

— Elle dort chez Kyla ce soir, répondit-il avec un sourire satisfait.

— Un soir de semaine ?

— Les instits ont une réunion pédagogique demain et vendredi, et les enfants ne vont donc pas à l'école. Ce qui veut dire que ce soir, nous avons la maison pour nous tout seuls...

À court d'arguments, elle le fixa un instant avec un sourire vaincu.

— J'imagine que ça doit pouvoir être pas mal, finit-elle par dire.

— Tu *imagines que ça doit pouvoir être pas mal* ? reprit-il, médusé. Tu as entendu ? On aura toute la maison pour nous. Pour nous tout seuls...

— Oui, j'ai compris, le rassura-t-elle en souriant, regrettant de ne pas s'être montrée suffisamment enthousiaste.

— J'ai pensé que nous pourrions dîner ensemble en

rentrant, et que je pourrais te prendre sur le bar de la cuisine en prenant l'apéritif.

— C'est très tentant, en effet, répondit-elle en l'embrassant, résistant à l'envie de s'allonger à nouveau à côté de lui.

— Et bien sûr, il y a le salon aussi. On pourrait regarder un film, et je pourrais te faire l'amour sur le canapé...

— Brent... gémit-elle en l'embrassant dans le cou, ses mots faisant monter en elle un désir contre lequel elle tenta de résister au mieux.

— Et je ne t'ai pas encore parlé du jardin, de la salle de bain...

Elle continua de l'embrasser dans le cou, s'enivrant de son parfum, et se blottissant contre lui. Les perspectives qu'il lui offrait mettaient tous ses sens en éveil. Son sexe devint chaud, ses tétons durs. Tout en elle avait envie de lui. Mais, alors qu'elle était sur le point de céder, il la repoussa.

— Désolé, ma belle. Mais il faudra attendre ce soir. Tu as école demain matin ! lança-t-il avec un sourire.

— Ce n'est pas juste, gémit-elle en se serrant à nouveau contre lui.

— Je sais, dit-il en caressant ses cheveux. Mais pense à tout ce que je viens de te dire. Ce soir, après l'élection, on aura la maison rien que pour nous.

Il l'embrassa légèrement.

— Et porte une robe ! lui demanda-t-il, car la première chose que je vais faire lorsque nous franchirons la porte d'entrée, c'est de glisser ma main entre tes jambes pour vérifier si tu as envie de moi...

———

Elena se sentait un peu fatiguée en arrivant au *Fix*, mercredi soir. Elle était en retard – elle avait été retenue par un appel téléphonique des plus incroyables – mais elle était d'une humeur fabuleuse.

Lorsqu'elle entra dans le bar, elle oublia immédiatement sa fatigue en apercevant Griffin, torse nu sur la scène, un micro à la main, à côté de Beverly qui avait l'air aussi étonnée que tout le monde. Griffin n'avait jamais – absolument jamais – montré ses cicatrices. Il le faisait ce soir-là pour la première fois.

— Désolé tout le monde ! lança Griffin. Je n'ai prévu d'enlever que la chemise. Mais si vous achetez le calendrier, vous en verrez plus... déclara-t-il, provoquant le rire du public et un tonnerre d'applaudissements.

— Qu'est-ce qui lui prend ? demanda-t-elle à Brent en le rejoignant au bar.

— Je n'en sais rien, répondit-il avec un large

sourire. Mais il doit vraiment l'aimer pour faire un truc pareil.

Tandis que Jenna monta sur scène pour annoncer que Griffin avait remporté le titre de Mister Novembre, Elena s'en voulut d'être arrivée en retard et d'avoir raté le spectacle. Puis elle se souvint de la raison de son retard, et regarda Brent avec un air enthousiaste.

— Je viens d'avoir une excellente réunion téléphonique, déclara-t-elle. C'est pour ça que je suis en retard.

— Génial ! répondit-il en tendant sa main vers elle, avant de se raviser.

Ce geste lui fendit le cœur. Elle avait adoré le temps qu'ils avaient passé ensemble, mais elle ne voulait pas que ce ne soit qu'une aventure secrète et passagère. Elle voulait plus. Elle voulait être en couple avec lui. Pourtant, elle n'osait pas le lui dire – elle craignait de lui faire peur et qu'il mette un terme à leur relation naissante.

— On va voir mon père ? lui proposa-t-elle pour faire diversion. Je voudrais qu'il me dise où en sont les préparatifs du salon de l'alimentation, et m'assurer qu'il a invité toutes les figures importantes du quartier et les membres du comité.

— Je l'ai vu tout à l'heure avec Easton, déclara Brent. Il n'avait pas l'air de très bonne humeur...

— À cause du bar ?

— Je ne suis pas sûr. Il m'en aurait parlé. Il est avec ta mère, je crois.

Elena fronça les sourcils. Easton était avocat, mais pourquoi ses parents avaient-ils besoin d'un avocat ? Brent avait raison, si ce qui les préoccupait concernait le bar, il l'aurait certainement mis dans la confidence.

— Bon, je vais aller le voir, dit Brent qui lut dans ses pensées. Tu viens avec moi ?

— Ne devrions-nous pas attendre Reece et Jenna ?

— Si ça ne nous concerne pas, et que nous débarquons à quatre, ils risquent de se sentir envahis. Et s'il s'agit du bar, nous pourrons toujours les tenir au courant plus tard...

— Ouais... tu as raison, dit-elle, heureuse qu'il ait utilisé le « nous » et non le « je ».

Ils se frayèrent un chemin à travers le bar, puis s'arrêtèrent net lorsqu'ils atteignirent le bureau de Tyree, dont la porte était entrouverte.

— Ce sont des conneries ! cria Tyree.

— C'est vrai, dit Eva d'une voix apaisante. Mais écoutons Easton.

Easton se retourna, et ses yeux rencontrèrent ceux d'Elena à travers l'entrebâillement de la porte. Il lui fit signe d'entrer, mais elle hésita, n'étant plus tout à fait certaine de vouloir affronter son père dans cet état-là.

— Coucou ! lança-t-elle timidement, tandis qu'elle entra finalement dans le bureau, suivie de Brent. Nous venions voir comment avançait l'organisation du salon de l'alimentation, dit-elle en regardant son père. Je voulais être sûre que tu n'avais pas oublié d'inviter les membres du comité.

— Je ne risque pas de les oublier ! grogna Tyree, ne t'inquiète pas !

— Ce n'est pas contre toi, ma chérie, lui dit Eva pour l'apaiser.

Elena sentait que quelque chose de grave se passait et mourait d'envie de prendre la main de Brent pour se rassurer. Mais elle ne pouvait pas – pas devant ses parents. Pas encore.

— Papa, que se passe-t-il ? demanda-t-elle à son père.

Tyree soupira, exaspéré, puis se tourna vers Easton.

— Explique-lui, toi, lui demanda-t-il. Moi je n'arrive pas à en parler sans avoir envie de tout casser.

Easton s'éclaircit la gorge et regarda Elena d'un air grave.

— Le Centre d'Austin pour la conservation et la revitalisation du centre historique a conseillé à la ville de racheter le *Fix*, expliqua Easton. Ils ont déjà entamé les démarches. C'est ce qu'on appelle le droit de préemption ; ils sont dans leur droit.

— Et nous on ne peut rien faire ! ajouta Tyree avec de la rage dans la voix.

— Je n'ai pas dit ça, le reprit Easton. Je ferai tout ce que je peux. Hannah et moi avons déjà entamé une procédure, et puis nous allons faire jouer nos relations. Tout ce que j'ai dit, c'est que la loi autorise une ville à appliquer son droit de préemption pour préserver un bâtiment historique et en faire un musée, par exemple, s'ils pensent que le bâtiment est mal géré ou risque de se dégrader. Je n'ai plus les termes exacts de la loi en tête, mais c'est l'idée...

— Mais tu m'as aussi dit qu'il était difficile de gagner un procès dans ce cas de figure, répondit Tyree.

Easton hésita, puis acquiesça.

— C'est vrai. Mais nous devons quand même essayer ! Et ça ne vous coûtera pas un centime. Hannah a dit qu'elle utiliserait l'argent que son père lui a laissé pour financer ce dossier. Comme ça, ça vous aide, et l'argent reviendra au cabinet de toute façon, mais, au moins, elle n'aura pas l'impression que c'est son beau-père qui lui a donné.

— Je ne peux pas accepter, répondit Tyree, gêné.

— Mais bien sûr que si tu peux, insista Easton. On

en reparlera, pour l'instant, ce n'est pas le plus important.

— C'est à cause du vandalisme, dit Brent. Ils utilisent les graffitis pour justifier leur droit de préemption.

— Exactement, confirma Easton. Pourtant, nous savons tous que le bâtiment est parfaitement entretenu, et qu'il est même en meilleur état depuis que le *Fix* a racheté les murs. C'est quelque chose qui peut jouer en notre faveur.

Tyree gardait les yeux baissés, semblant ne pas entendre l'échange entre Brent et Easton.

— Ça va s'arranger, papa, dit Elena en s'approchant de lui et en lui prenant la main.

Tyree attira sa fille contre lui et la serra dans ses bras.

— Je n'en suis pas si sûr, lui dit-il au bout de quelques secondes. J'ai plutôt l'impression que c'est perdu d'avance.

Il se détacha d'elle et retourna à son bureau, l'air dépité.

— C'est con quand même, ajouta-t-il. Juste au moment où on commençait à sortir la tête de l'eau, on va tout perdre.

ONZE

— JE SUIS VRAIMENT DÉSOLÉE de ruiner notre soirée, murmura Elena en se blottissant dans ses bras.

— Chérie, ne t'excuse pas, lui dit-il en la serrant contre lui. Je suis complètement sous le choc, moi aussi.

Ils étaient allongés sur le canapé, ne bougeant que pour prendre une gorgée de vin de temps en temps. Ils avaient déjà bu deux verres chacun, ce qui les avait apaisés.

— Tu crois que la ville va réellement fermer le *Fix* ? lui demanda-t-elle avec angoisse.

Il aurait aimé la rassurer, mais il ne voulait pas lui mentir. Il avait vu plusieurs affaires impliquant le droit de préemption de la ville lorsqu'il était encore policier, et il savait que, dans la plupart des cas, la ville avait gain de cause.

— C'est possible, dit-il honnêtement. Mais si Landon et moi réussissons à retrouver le tagueur, nous pouvons peut-être montrer au tribunal que le vandalisme est sous contrôle, ce qui pèserait lourdement dans la balance.

— Je suis sûre que c'est pour ça que j'ai été licenciée, reprit-elle. Ils étaient au courant du projet de la ville et ne voulaient pas avoir la fille du propriétaire du *Fix* dans leurs pattes...

— Tu as sûrement raison, confirma-t-il doucement, désolé pour elle.

— Dis-moi que tu vas retrouver cet enfoiré, reprit-elle au bout de quelques instants de silence.

La confiance dans sa voix lui réchauffa le cœur et il se promit de tout faire pour la protéger.

— Ça va aller, la rassura-t-il en s'asseyant.

Sans qu'il le lui demande, elle se redressa avec lui et s'assit à califourchon sur ses genoux, plaçant ses bras autour de son cou. Pour la première fois, il fit attention à la manière dont elle était habillée : elle portait une jupe noire ample, avec un corsage ajusté de la même couleur, fermé tout le long par de petits boutons.

— Et, au fait... Je suis très content pour toi, ajouta-t-il.

Elle lui avait en effet parlé de l'entretien téléphonique qu'elle avait eu, en fin de journée, avec un cabinet de conseil en urbanisme basé en Californie. Apparemment, ils souhaitaient d'ores et déjà qu'elle les rejoigne une fois son diplôme en poche. Bien sûr, il n'était pas aussi enthousiaste qu'elle à l'idée qu'elle parte un jour. Mais il savait que cela arriverait tôt ou tard ; elle lui avait toujours parlé de ses projets. Simplement, il ne s'était pas attendu à ce que cela devienne concret si rapidement.

— Merci, dit-elle avec fierté.

Il la regarda d'un air qu'elle ne sut interpréter, malgré son sourire.

— Ça va ? lui demanda-t-elle en prenant son visage dans ses mains.

— Oui, oui... J'étais simplement en train de penser à quel point j'étais fier de toi, mentit-il.

Elle le regarda en souriant, puis arbora un air faussement boudeur et incroyablement sexy, mordillant sa lèvre inférieure.

— Tu n'as pas vérifié, au fait... dit-elle d'un air timide. À quel point j'ai envie de toi... Il sentit sa queue se durcir et sut, à son regard, qu'elle le sentait elle aussi.

— Nous ne sommes pas obligés, lui dit-il. Nous

aurons d'autres occasions d'être seuls à la maison. Je sais que tu es bouleversée, et...

— C'est vrai, je le suis, l'interrompit-elle en posant un doigt sur ses lèvres. Et je suis aussi inquiète et en colère. Mais justement, j'ai envie de tout oublier. Que tu me fasses tout oublier...

Il la regarda dans les yeux quelques secondes, laissant son désir pour elle l'envahir tout entier, puis se pencha pour l'embrasser en la serrant fort contre lui. Glissant une main sous sa jupe, il remonta jusqu'à sa culotte. Pour son plus grand plaisir, elle était trempée.

— Fais-moi oublier, Brent. Je ne veux penser qu'à toi, murmura-t-elle à son oreille.

Sentant son excitation monter, il la caressa à travers sa culotte tout en continuant de l'embrasser, la faisant mouiller encore davantage jusqu'à ce que, n'y tenant plus, il retire son jean. Il ressentait le besoin impérieux de sentir sa peau, de la sentir contre la sienne.

Elle sourit, puis se leva juste le temps de retirer sa culotte tandis qu'il se déshabillait. Elle se rassit alors sur lui, s'empalant sur sa queue dure avec un plaisir gourmand, comme si c'était la première fois.

— J'aime tellement ça, gémit-elle, sentant sa queue au fond d'elle.

Puis, le regardant avec un air provoquant, elle se

releva et se mit à genoux devant lui, prenant sa queue dans sa bouche.

Gémissant, il ferma les yeux, vaincu par la chaleur tiède et douce de sa bouche sur sa queue. Elle le léchait doucement, le prenant jusqu'au fond de sa gorge puis remontant délicatement jusqu'à son gland, tout en caressant ses bourses. Il prit sa tête dans ses mains et guida les va-et-vient de sa bouche, étonné lui-même de réussir à se retenir de jouir malgré le plaisir immense qu'elle lui donnait.

— Viens, lui dit-il finalement, attirant son visage vers le sien.

Il avait besoin de la regarder, de se sentir en elle.

Elle remonta vers lui, plongeant son regard dans le sien, et le chevaucha à nouveau.

— Empale-toi, chérie, murmura-t-il. J'ai envie de sentir ma queue en toi.

— Moi aussi j'ai envie de te sentir, dit-elle dans un souffle, avec une sincérité si évidente qu'il se sentit durcir encore davantage.

Lorsqu'elle le chevaucha, qu'il entra en elle, ce fut comme une délivrance pour l'un et l'autre, libérés enfin de la frustration de ne pas être unis, de ne pas former qu'un, et de ne pas ressentir leur présence mutuelle au plus profond d'eux-mêmes. Ils bougèrent ensemble, en rythme. Elle montait et descendait, tandis qu'il la guidait en prenant ses fesses, jusqu'à ce qu'ils trouvent la symbiose parfaite, qu'ils ne deviennent plus qu'une et seule et même machine les conduisant tout droit vers le septième ciel. Ils avaient l'impression de voler, de monter de plus en plus haut, de plus en plus vite, de plus en plus fort...

Puis, enfin, ils atteignirent le firmament ensemble, se brisant dans un plaisir merveilleux et se laissant tomber dans les bras l'un de l'autre, rompus, baignés de volupté. Sentant leurs cœurs battre l'un contre l'autre, ils reprirent leur souffle, et revinrent lentement sur Terre, à Austin, dans la maison, et sur le canapé.

Lorsqu'ils eurent repris leurs esprits, il la guida jusqu'à la chambre où ils se pelotonnèrent sous la couette.

— Je vais prendre le reste de la semaine, lui annonça-t-il. J'ai signé le contrat de ma nouvelle recrue. Mon équipe est maintenant au complet, et Tyree et les autres peuvent la superviser, ajouta-t-il.

— Tu veux pouvoir te concentrer sur l'enquête pour retrouver le tagueur ?

— Exactement, confirma-t-il. Et puis, vu que Faith n'a pas école pendant deux jours, cela va me permettre de rester à la maison avec elle. Je vais peut-être enfin pouvoir terminer la cabane que je lui ai promise dans le jardin...

— Beau programme ! lança-t-elle en se serrant contre lui. Mais tu n'as pas plutôt envie de la faire sortir un peu ? Il paraît que le musée des enfants est très bien fait ; ça pourrait être une idée ? Ou les *Innerspace Caverns* à Georgetown. Je dois y aller pour ma thèse, de toute façon, vous pourriez m'y accompagner ?

Georgetown, située à quelques kilomètres au nord d'Austin, comptait plusieurs magnifiques grottes karstiques ouvertes au public. Elles attiraient chaque jour de nombreux visiteurs, qui venaient aussi profiter du centre historique de la ville datant du dix-neuvième siècle.

— T'es adorable, lui dit-il en l'embrassant sur le front. Mais je ne veux pas que Faith s'imagine que nous sommes en couple...

— Elle sait que tu as des amies, répondit-elle. Pourquoi penserait-elle que nous sommes ensemble ?

La question lui fit l'effet d'un coup de couteau, mais il se força à l'ignorer. Après tout, elle avait raison : ils n'étaient pas en couple. Ils ne pouvaient pas être en couple. C'était clair depuis le début : elle ne comptait pas rester à Austin et leur histoire n'était pas faite pour durer.

— Brent ?

— Euh... Oui, excuse-moi, balbutia-t-il, perturbé

par ses pensées. Tu as raison, nous devrions lui faire
faire une sortie...

Il prit une inspiration, se préparant mentalement à
affronter la journée du lendemain. Car, s'il était vrai
qu'une sortie tous les trois ne nourrirait pas forcément
l'espoir de Faith, il savait d'avance que ça nourrirait
son propre espoir. Et que cet espoir serait forcément
déçu.

DOUZE

— REGARDE ELENA ! cria Faith. Je peins avec la lumière !

— Wahou ! C'est incroyable, répondit Elena avec enthousiasme, souriant à Brent, qui avait l'air ridiculement fier de sa fille.

Ils avaient décidé de visiter le nouveau musée des enfants d'Austin. Faith semblait ravie, et courait d'attraction en attraction, faisant toutes les expériences, et profitant de toutes les structures de jeu qui étaient proposées.

— Une dernière fois, et on y va… la prévint Brent. D'accord ?

— Plus, papa, s'il te plaît ! gémit Faith.

— Tu veux vraiment nous faire mourir de faim ? Il va bien falloir que nous allions manger, répondit Brent en riant, attendri malgré lui.

Faith fit la moue, mais ne discuta pas. Comme son père venait de le lui demander, elle fit un dernier tour et les rejoignit en courant, leur prenant chacun une main et sautillant au milieu d'eux tandis qu'ils se dirigeaient vers la sortie.

— Je meurs de faim ! déclara-t-elle lorsqu'ils furent dehors.

— Nous pouvons aller chez *Magnolia* ? suggéra Brent en regardant Elena. Il y a beaucoup de choses qu'elle aime sur la carte...

— Parfait ! répondit Elena, ravie de pouvoir manger les fameux pancakes aux épices qu'on ne trouvait que là-bas.

— On pourra se promener encore tous les trois demain ? demanda Faith, lorsqu'ils furent assis à la table du restaurant.

— Tu veux toujours aller à Georgetown avec nous ? demanda Brent à Elena avec un large sourire.

— Mais bien sûr ! répondit-elle, enthousiaste.

— Ouais ! Super ! lança Faith, folle de joie, en applaudissant. Et Elena, elle peut manger avec nous à la maison ce soir ? demanda-t-elle. On pourrait regarder *Raiponce* tous les trois ?

— Alors, okay pour qu'Elena mange avec nous ce

soir, si elle le veut bien sûr ? répondit Brent à sa fille en regardant Elena.

— Elle le veut, répondit Elena, le faisant sourire.

— Mais il va être trop tard pour regarder un film, ma puce. Tu vas être fatiguée quand nous rentrerons.

— Je te promets que je ne serai pas fatiguée, plaida Faith avec une voix aussi grave qu'elle put pour essayer de paraître plus âgée que six ans. Je suis une grande fille maintenant !

— C'est vrai, dit Brent en la regardant d'un air attendri.

Le soir, il autorisa donc sa fille à regarder un film pendant qu'Elena et lui finissaient de dîner, sachant de toute façon qu'elle s'endormirait au bout de quelques minutes. Et il avait raison ; Faith sombra dans un profond sommeil dix minutes après le début du film.

— Va la coucher, si tu veux, suggéra Elena. Je vais débarrasser...

— Merci, dit-il en la prenant dans ses bras. Attention, je vais finir par m'habituer, murmura-t-il.

Elle le regarda sans rien dire, se contentant de sourire. Elle mourait d'envie de lui dire qu'elle aussi était en train de prendre goût à tout cela, mais elle s'abstint. Ils savaient tous les deux que leur relation ne durerait pas, et que dès ses études terminées, elle quitterait Austin.

Pourtant, elle ne pouvait s'empêcher de penser à ce qu'il se passerait si elle ne partait pas. Après tout, peut-être que le cabinet de conseil qui lui avait promis une embauche l'autoriserait à faire du télétravail ? Et s'ils ne lui proposaient pas d'eux-mêmes, elle pourrait peut-être leur imposer ? Peut-être qu'ils accepteraient ? Elle réfléchissait de plus en plus à tout cela, mais se gardait pour l'instant d'en parler à Brent. Il était trop tôt – trop tôt pour imaginer ce qui pourrait se passer avec son futur employeur et, surtout, trop tôt pour s'engager vis-à-vis de lui, de leur vie de couple. Et pourtant... elle était certaine que Brent était l'homme de sa vie. Elle n'avait jamais eu de certitude aussi forte.

Mais ressentait-il la même chose qu'elle ?

Lorsqu'il revint dans le salon, après avoir couché Faith et lui avoir lu une histoire, ils allumèrent la télévision pour créer un bruit de fond, puis se précipitèrent dans la chambre où ils firent l'amour lentement, doucement, passionnément. Puis, épuisée par sa journée, Elena se blottit contre lui. Elle aimait s'endormir avec lui, mais elle aimait encore plus se réveiller avec lui.

Le lendemain matin, elle fut réveillée tôt. Elle commença à sortir du lit, mais il la rattrapa et la serra à nouveau contre lui.

— Arrête ! rit-elle. Je dois travailler sur ma thèse...

Et nous allons à Georgetown tous les trois, ensuite, tu te souviens ?

En effet, la journée fut bien remplie. À l'heure du déjeuner, ils prirent la route de Georgetown qu'ils visitèrent de fond en comble, admirant les bâtiments historiques qui bordaient la place principale, et emmenant Faith dans des endroits qui l'amusaient, comme le magasin de jouets, et l'immense parc situé sur la rive du fleuve San Gabriel. La petite fille voulut aller à *Blue Hole*, le centre aquatique de la ville qui ressemblait davantage à un parc d'attractions, mais ils n'avaient pas prévu de maillot de bain. Heureusement, Faith ne sembla pas s'en soucier, trop occupée à jouer avec le cerf-volant qu'ils lui avaient acheté sur la place, et à manger un muffin qu'elle avait demandé en passant devant une boulangerie.

Tandis qu'Elena regardait Faith nourrir les canards avec du pain rassis qu'ils avaient acheté à la boulangerie, Brent passa un coup de fil à Landon pour lui demander des nouvelles de l'enquête.

— Du nouveau ? lui demanda Elena lorsqu'il revint s'asseoir près d'elle.

— Malheureusement non, répondit-il, dépité. Toujours rien sur les images vidéo. Et les entretiens avec les employés des commerces voisins n'ont rien donné non plus. Landon va envoyer l'un de ses gars interroger les sans-abri du quartier, mais, à mon avis, ça ne va pas donner grand-chose...

Il s'interrompit et lui prit la main.

— Il faut te préparer à ce qu'on ne retrouve jamais le coupable, lui dit-il en la regardant dans les yeux.

— Il doit pourtant y avoir un moyen ! s'emporta-t-elle. Si nous ne retrouvons pas le tagueur, le *Fix* va être vendu. Mon père va tout perdre. *Vous* allez tout perdre...

— Je le sais, Elena...

— Je suis désolée, dit-elle plus calmement en posant sa tête contre son épaule. Je sais que tu fais tout ce que tu peux. Je suis juste tellement inquiète...

— C'est normal. Je le suis aussi. Et je ne m'inquiète pas seulement pour le *Fix*. Je m'inquiète aussi pour toi.

— Vraiment ?

— Oui, vraiment, confirma-t-il. Les nouvelles caméras sont installées au *Fix* aujourd'hui. Je vais en faire installer chez toi aussi. C'est sans appel.

— Je ne comptais pas faire appel, répondit-elle en souriant, sans argumenter.

— Tant mieux, soupira-t-il en passant un bras autour de son épaule. Je ne veux pas qu'il t'arrive quoi que ce soit...

De la part d'un homme comme Brent, pensa-t-elle, c'était presque une déclaration d'amour...

Elena et Brent passèrent les sept jours qui suivirent ensemble, se réveillant l'un à côté de l'autre, chez lui. Ils emmenaient Faith à l'école ensemble, puis traînaient, collés l'un à l'autre, jusqu'à ce qu'il soit l'heure d'aller la chercher et que Brent aille travailler, le soir. Les jours où il n'allait pas au *Fix*, ils passaient la soirée comme une famille normale : Elena et Brent préparaient le dîner, tandis que Faith regardait la télévision sur le canapé. Ensuite, lorsque Faith était couchée, Elena travaillait sur sa thèse, et Brent sur l'enquête pour retrouver le tagueur.

Ils avaient finalement arrêté d'essayer de cacher la présence d'Elena, mais ils n'avaient toujours pas dit à Faith qu'ils étaient ensemble. D'ailleurs, Elena n'était pas tout à fait sûre qu'ils étaient ensemble. Elle le pensait – elle l'espérait – mais elle ne savait toujours pas ce que lui ressentait.

Ils expliquèrent donc à Faith qu'Elena dormait chez eux pour lui éviter de faire les trajets, et – pour aller au bout de leur version – ils mettaient un oreiller et une couverture pour faire croire qu'elle dormait dans le salon. Bien sûr, ils savaient que Faith avait dû se douter que ce n'était pas tout à fait vrai, mais, compte tenu de son âge, ils se dirent qu'elle ne devait pas encore comprendre ce qu'il se passait exactement.

Elena avait l'impression que les jours passaient à une allure folle. Chaque fois qu'elle quittait la maison, elle n'avait qu'une hâte : rentrer et retrouver Brent et Faith. Elle avait d'ailleurs fini par avouer ses sentiments à Selma et Hannah qui l'avaient soumise à un interrogatoire digne des plus grands détectives.

— Wahou ! s'exclama Selma. Mais là, tu te rends compte que tu es en train de nous dire que tu es complètement dingue de lui ?

— Mais je le suis ! confirma Elena en riant. C'est juste que je ne sais pas si Brent ressent la même chose que moi...

— Et pourquoi est-ce que tu ne lui poses pas la question ? proposa Hannah. C'est une méthode assez révolutionnaire, mais il paraît que c'est efficace, ajouta-t-elle avec ironie.

— Merci du conseil, répondit Elena avec un regard faussement blasé. Je vais essayer de le suivre...

Mais, en réalité, Hannah avait vu juste. Elena n'osait pas poser la question à Brent. Elle avait trop peur de sa réponse. S'il lui disait qu'il ne ressentait pas la même chose qu'elle, alors elle devrait mettre fin à leur relation – or, elle n'était pas prête à cela...

— Ne t'inquiète pas, lui dit Elena comme si elle

avait lu dans ses pensées. Je suis sûre qu'il est fou de toi.

— Je le pense aussi, avoua-t-elle. Mais je ne suis pas certaine que cela soit suffisant pour lui...

Cette inquiétude était toujours dans son esprit lorsque, plus tard, elle se rendit au *Fix* pour vérifier l'organisation du salon de l'alimentation. Megan et Jenna s'occupaient de la partie logistique, tandis qu'Elena et Tyree géraient la confection des plats qui allaient être servis sur leur stand, ainsi que la réalisation des vidéos qui devaient être diffusées sur grand écran, les montrant tous les deux en train de réaliser les recettes. Néanmoins, bien qu'elle fasse confiance à Megan et Jenna, elle avait besoin de se rassurer en s'informant régulièrement de ce qui avait été fait. En plus, cela lui donnait l'occasion de voir Brent, ce qui lui mettait à chaque fois du baume au cœur.

Même s'ils restaient encore discrets sur leur relation secrète, il lui lança un large sourire dès qu'elle entra dans le bar. Le genre de sourire qui provoquait en elle un désir violent et lui donnait envie d'être déjà le soir pour pouvoir le retrouver.

Il était avec Tyree, et Elena vit immédiatement le regard suspicieux que son père lança à Brent lorsqu'il le surprit en train de lui sourire. Brent s'en aperçut également, mais ne parut pas gêné, ce qui, pensa

Elena, était bon signe sur la nature de ses sentiments pour elle. S'il était prêt à faire comprendre à Tyree, même sans le dire clairement, qu'il était avec elle, c'est que la relation était sérieuse pour lui aussi…

Cette pensée l'apaisa et elle se sentit plus légère en s'approchant de son père.

— Salut papa ! lança-t-elle en l'embrassant sur la joue. Salut, Brent ! ajouta-t-elle de l'air le plus impassible dont elle fut capable.

— Salut ! lui répondit-il en souriant.

— Je passais juste pour voir où en était l'organisation du salon, dit-elle, luttant contre l'envie de prendre la main de Brent. Nous sommes déjà jeudi, et le salon est dans deux jours… Je suis sûre que Megan et Jenna sont prêtes, mais est-ce que toi et moi nous le sommes ? Il y a peut-être d'autres vidéos à faire ? Des plats à préparer ? On a suffisamment de serveurs ?

— Ne t'inquiète pas, ma chérie, lui dit son père en riant. Ce n'est pas la première fois que j'organise ce genre d'évènement, tu sais ? Tout ce qu'il te reste à faire, c'est venir samedi et t'amuser.

— Tu es sûr ?

— Ah, et j'oubliais : goûter aux plats de nos concurrents, ajouta-t-il sur le ton de la confidence. Je veux à tout prix savoir si certains sont meilleurs que nous…

— C'est impossible ! répondit-elle en riant.

Elle jeta un coup d'œil à Brent. Non pas parce qu'il était concerné par la conversation, mais parce qu'elle était incapable d'être aussi proche de lui sans le regarder.

— Bien... Dans ce cas, je vais y aller, dit-elle. J'ai des courses à faire...

Elle embrassa à nouveau son père sur la joue, et lutta contre elle-même pour ne pas également embrasser Brent avant de prendre congé.

———

— J'avais tellement envie de t'embrasser.

Les mots de Brent semblèrent sortis de nulle part, remplissant le silence de la pièce tandis qu'ils étaient allongés l'un contre l'autre, épuisés, après avoir fait l'amour.

Elena se retourna vers lui, se redressant en s'appuyant sur son coude.

— Je dirais que tu m'as beaucoup embrassée, non ? Et pas que sur la bouche, en plus... le taquina-t-elle.

— Très drôle, répondit-il en souriant. Tu sais très bien ce que je veux dire. Au *Fix*, cet après-midi, quand on était avec ton père.

— Oui, j'avais compris. Moi aussi, j'en avais très envie, rétorqua-t-elle en le regardant dans les yeux.

— Un jour... dit-il, la voix chargée de sommeil. Bonne nuit, mon cœur, lui dit-il en l'embrassant et en se tournant sur le côté.

Elle le regarda, amusée, se demandant d'où il tenait cette faculté à s'endormir aussi facilement, comme s'il lui suffisait d'appuyer sur un bouton. Elle aurait aimé faire la même chose, mais elle en était incapable. Encore moins depuis qu'il avait dit « un jour... ».

Elle ne cessait de se demander ce qu'il avait voulu dire. Elle imaginait que c'était plutôt positif, et qu'il avait voulu lui dire qu'un jour, ils formeraient un couple officiel. Mais toute la question était de savoir quand ? À Noël prochain ? Dans un an ?

Elle était en train de rêvasser et de réfléchir à cette question lorsqu'elle entendit Faith crier dans sa chambre. Bondissant du lit, elle enfila le peignoir de Brent et courut rejoindre la petite fille.

Lorsqu'elle entra dans sa chambre, elle trouva Faith assise dans son lit, à moitié éveillée, des larmes coulant sur son visage.

— Hé ! Faith, ma chérie, ça va. Je suis là, la rassura-t-elle en la prenant dans ses bras. Calme-toi, lui dit-elle d'une voix douce.

Doucement, au bout de quelques minutes, Faith se calma.

— Maman... dit-elle en se blottissant contre Elena.

Ce mot la toucha droit au cœur. Elle était heureuse de la confiance que lui témoignait Faith, d'autant plus qu'elle sentait qu'elle s'attachait de plus en plus à cette petite fille, comme si elle était la sienne.

Mais son bonheur fut de courte durée. Elle leva les yeux et découvrit Brent dans l'embrasure de la porte, les yeux livides. Il avait entendu ce que Faith venait de dire, et elle comprit ce qui était en train de se passer dans son esprit. Pour lui, les mamans partaient. Elle comprit qu'il allait vouloir protéger sa fille.

Elle comprit que c'était le début de la fin.

IL AVAIT devant lui tout ce dont il avait besoin. Sa fille et une femme qu'il aimait.

Pourtant, il était terrifié. Il regardait Faith, et il ne pouvait s'empêcher d'avoir envie de la protéger. Il voulait à tout prix lui éviter de revivre le traumatisme de l'abandon, car, au fond, seule elle comptait. Lui et Elena étaient adultes. Elle n'était qu'une enfant. Une enfant dont la maman était partie sans se retourner. Il était désormais le seul à pouvoir la protéger. Et il était déterminé à le faire.

Il aimait Elena, du plus profond de son cœur, mais il refusait de mettre à nouveau sa fille dans une situation de danger.

Elena savait cela en commençant cette histoire avec lui. Elle le savait autant que lui. Mais il se sentait coupable. Il n'aurait jamais dû laisser leur relation aller aussi loin. Il le regrettait amèrement.

— Brent ! lança-t-elle lorsqu'ils furent à nouveau seuls, Faith s'étant finalement rendormie. Brent ! regarde-moi, répéta-t-elle.

Elle l'avait suivi dans le salon, tous deux sachant de manière tacite qu'ils ne pouvaient pas retourner dans sa chambre. Pas ensemble, en tout cas.

Il était incapable de la regarder, et encore moins de lui répondre. Pourtant, le ton de sa voix lorsqu'elle prononçait son prénom lui disait qu'elle l'aimait, qu'elle ne l'abandonnerait pas. Qu'elle n'était pas comme Olivia. Mais il refusait de se laisser aller à ses sentiments, de faire confiance à nouveau. D'ailleurs, pourquoi aurait-il dû lui faire confiance alors qu'elle semblait ravie d'avoir obtenu une promesse d'embauche par une entreprise de Californie ? Dans deux ans, elle allait partir. Les abandonner, Faith et lui. Pendant deux ans, Faith allait s'attacher à elle, et puis, d'un seul coup, elle disparaîtrait, faisant souffrir sa fille, à nouveau.

Non. Il en était hors de question.

— Brent ! répéta-t-elle encore. Écoute-moi.

— Je suis désolé, Elena. Je suis vraiment désolé, mais nous savions tous les deux que notre relation n'était pas faite pour durer, dit-il en se tournant finalement vers elle.

— Mais moi j'ai envie que ça dure ! plaida-t-elle en le regardant dans les yeux.

Il faillit se laisser convaincre et la prendre dans ses bras, mais le souvenir du départ d'Olivia l'en empêcha.

— Ce que tu veux, ce que je veux… tout ça ne compte pas, dit-il d'un air contrit. Il ne s'agit même pas de savoir ce que veut Faith, il s'agit de faire ce qui est le mieux pour elle. Or, je suis désolé, Elena, mais ce n'est pas toi. Ça ne peut pas être toi, car nous savons tous les deux que tu vas partir, tôt ou tard.

— Non, dit-elle avec sincérité. Je te promets que je ne partirai pas.

Envahie par l'émotion, elle s'assit sur le canapé, prenant sa tête dans ses mains. Il la regarda, et pensa qu'elle avait l'air d'une petite fille, perdue dans le peignoir trop grand qu'elle lui avait emprunté. À nouveau, il voulut la réconforter, mais, à nouveau, il s'abstint. Lorsqu'elle releva le regard vers lui, la douleur dans ses yeux lui brisa le cœur – mais la douleur était inévitable, il le savait. Il voulait simplement épargner sa fille.

— Écoute-moi, Brent. J'ai réfléchi ces derniers jours, et j'ai décidé que je n'irai nulle part. J'allais te le dire demain, te dire que je veux rester ici, avec Faith et toi.

Il la fixa un instant, essayant de donner un sens à ses paroles.

— Je comprends, tu sais. Je comprends ce que tu ressens. Je comprends ton désir de protéger Faith. J'ai grandi sans mon père, et je sais ce que ça fait de se sentir abandonnée. Je suis comme toi. Je ne veux pas que Faith vive ça à nouveau. Jamais je ne l'abandonnerai...

Incapable de répondre quoi que ce soit, il s'assit sur le fauteuil en face d'elle.

— Je t'aime, Brent, poursuivit-elle.

Mais, plutôt que de le réconforter, les mots semblaient le brûler, raviver des cicatrices profondes et douloureuses.

— Je sais que tu vas me dire que je suis trop jeune, continua-t-elle, mais ça ne m'empêche pas d'être certaine de ce que je veux...

— Elena...

— Laisse-moi finir ! l'interrompit-elle. Brent, putain ! laisse-moi ma chance ! Je sais que tu m'aimes, toi aussi ! Je le sens. J'ai déjà regardé les possibilités d'emploi ici, tu sais. Je pourrais même faire du télétravail, ça se fait beaucoup aujourd'hui ! Il y a plein de possibilités. Et il ne faut surtout pas que tu penses que tu m'empêches de vivre mes rêves, ce n'est pas le cas. Et je te promets que je ne changerai pas d'avis. J'en suis certaine parce que je vous aime, Faith et toi. Je vous aime...

Sa voix se brisa, et des larmes coulèrent sur ses joues.

— S'il te plaît, Brent, reprit-elle. Dis quelque chose.

— Je ne peux pas prendre le risque, dit-il, forçant les mots à sortir. Il est encore temps de tout arrêter. Faith aura de la peine de ne plus te voir, je le sais, mais plus le temps va passer, pire ce sera. Je ne veux pas qu'elle revive ce qu'elle a vécu avec le départ d'Olivia.

— Mais je ne suis pas Olivia ! s'écria-t-elle, presque en colère.

— Je le sais. Mais tu es jeune, Elena. Tu n'as même pas encore terminé tes études. Tu ne sais pas ce que tu penseras dans deux ans...

— Je t'en prie, ne me parle pas comme si j'étais une gamine ! siffla-t-elle. Je te le répète : je-ne-suis-pas-Olivia ! Pourquoi est-ce que tu ne l'entends pas ?

Elle marqua une pause, essayant de se calmer.

— Brent, je t'en prie, reprit-elle d'un ton plus doux. Ne gâche pas tout uniquement parce que tu as peur...

Il sentait déjà le vide qu'allait provoquer à l'intérieur de lui l'absence d'Elena. Mais il n'avait pas le choix.

— Je pense qu'il vaut mieux que tu t'en ailles, dit-il doucement.

— Brent. S'il te plaît...

— Je suis désolé, Elena. Mais tu dois t'en aller.

———

Elena n'avait envie de parler à personne, encore moins à Hannah et Selma, qui étaient si heureuses en couple, et qui n'avaient cessé de lui répéter que Brent était l'homme de sa vie.

Peut-être avaient-elles raison. Elle le pensait aussi, d'ailleurs. Mais il avait décidé de tirer un trait sur leur histoire, et même si elle savait qu'il avait pris sa décision dans le but de protéger Faith, elle ne pouvait s'empêcher de souffrir.

Elle ne cessait de se répéter que, de toute façon, s'il n'acceptait pas de changer son point de vue, de guérir la blessure que lui avait causé le départ d'Olivia, il ne trouverait aucune femme. Car, il ne ferait jamais suffisamment confiance à une femme pour accepter qu'elle reste dans sa vie. Le problème venait de lui, au fond.

Que pouvait-elle faire pour l'aider ? À part l'aimer ?

Malgré sa douleur, elle était déterminée à ne pas se laisser sombrer. Après avoir pleuré quelques jours au fond de son lit, elle décida de se lever, prendre une douche, se laver les dents, se maquiller, et s'habiller, jusqu'à reprendre une apparence humaine. Puis elle attrapa son sac et ses clés de voiture, et se rendit chez ses parents.

Bien sûr, ce n'était pas eux qu'elle voulait voir. Elle savait déjà que, si elle se confiait à eux, Tyree lui dirait à nouveau que Brent était trop âgé, qu'il avait déjà une vie et un passé trop lourd pour elle. Quant à sa mère, peut-être serait-elle plus à l'écoute, mais elle n'avait pas envie de le savoir.

Si elle se rendait chez eux, c'était parce qu'elle savait qu'ils étaient au *Fix*. Sa mère devait y prendre des photos de Matthew et de Griffin pour le calendrier, et son père avait une réunion avec Easton à propos du rachat du *Fix* par la ville. Celui qu'elle venait voir, c'était Eli. Certes, il n'avait que seize ans, mais ils avaient eu de longues discussions sur leur histoire respective et elle savait qu'il analysait la sienne avec beaucoup de maturité. Il avait perdu sa mère quand il était jeune, et, comme elle, il n'avait grandi qu'avec un seul parent. Elle savait qu'il comprendrait mieux que quiconque ce qu'elle était en train de vivre, et c'était la seule épaule sur laquelle elle avait envie de pleurer cet après-midi-là.

Elle l'appela de la voiture, et, heureusement, il était chez lui. Elle lui expliqua brièvement la raison de sa visite, et lui dit qu'il l'attendait.

— Ouah ! s'exclama-t-il en ouvrant la porte. Tu m'as dit que tu te sentais comme une merde. Je peux te dire que tu y ressembles aussi !

— Et moi qui avais toujours rêvé d'avoir un petit-frère ! répondit-elle avec ironie.

Elle le suivit à l'intérieur et ils s'installèrent sur le canapé.

— Je suis vraiment désolé, lui dit-il avec une simplicité apaisante. Je veux dire... Je suis sûr que tu dois être triste...

— C'est vrai, je le suis, répondit-elle en le regardant avec affection.

— Qu'est-ce que je peux faire ?

— Honnêtement ? Je ne sais pas, répondit-elle. J'avais juste besoin de parler à quelqu'un. Mais, finalement, je t'ai déjà tout dit tout à l'heure au téléphone. Tu as pensé à un conseil brillant à me donner depuis qu'on a raccroché ?

— Ouais... mais, je te préviens, tu ne vas pas aimer.

— Vas-y... ?

— Parle à papa, lâcha Eli. Personne ne connaît

mieux Brent que lui, à part Jenna et Reece. Et d'ailleurs, tu peux leur parler, à eux aussi.

Elle y avait pensé, elle aussi. Mais elle savait qu'ils étaient en plein dans les préparatifs pour accueillir le bébé qui allait bientôt naître, et elle ne voulait pas les déranger avec ses problèmes.

— Dans ce cas, il ne te reste que papa, lui dit Eli après qu'elle lui eut expliqué pourquoi elle ne voulait pas parler à Jenna et Reece.

— Oh… Je sais déjà ce qu'il va me dire, répondit-elle d'un air désabusé. Que je n'aurais pas dû m'embarquer dans une histoire avec un homme plus âgé que moi, et qu'il m'avait prévenu.

— Et il avait raison ?

— Non ! s'empressa-t-elle de répondre. Ce n'est pas notre différence d'âge le problème. C'est Olivia, son ex-femme. C'est comme s'il était traumatisé…

— Parles-en avec papa, insista Eli. Peut-être qu'il te dira qu'il t'avait prévenue, mais je le connais, il saura t'écouter. Et peut-être même qu'il aura des conseils à te donner. Après tout, il n'est pas si loin de l'âge de Brent.

Elle ne put s'empêcher de sourire en regardant son petit-frère si mature. Comme quoi… l'âge n'était vraiment pas un critère !

— Écoute, je suis vraiment désolé, mais pendant

que tu venais, l'hôpital m'a appelé. Ils ont besoin de moi ; je dois faire un remplacement.

— Oui, oui, bien sûr ! Vas-y ! l'encouragea-t-elle, sachant à quel point son stage à l'hôpital était important pour lui.

— Tu peux rester ici aussi longtemps que tu veux, lui dit-il pour la mettre à l'aise. Il y a du cheesecake dans le réfrigérateur. Je sais que ma mère adorait en manger quand elle était triste...

— Tu sais, je crois que j'aurais adoré ta mère, lui dit-elle, émue.

— Eh bien, ça nous fait un point commun, car j'adore la tienne !

— J'ai vraiment de la chance d'avoir un petit frère comme toi, ajouta-t-elle en le serrant dans ses bras.

— J'espère que tu auras autant de chance avec Brent, dit-il avec un grand sourire. Allez, je dois y aller. On s'appelle, d'accord ? lança-t-il en se dirigeant vers la porte.

— Okay ! Et merci !

Lorsqu'elle fut seule dans l'appartement, Brent envahit à nouveau toutes ses pensées. Comment pouvait-il être aussi obtus, aussi fermé ?

Dépitée, elle se dirigea vers le réfrigérateur, prête à céder à l'appel du cheesecake, lorsqu'elle entendit une clé dans la serrure. Elle pencha la tête vers la hall d'entrée, et découvrit son père.

— Ah, ma fille ! Quelle bonne surprise !

Aussitôt, son cœur trop lourd explosa et elle fondit en larmes.

— Oh, ma chérie… Qu'est-ce qui ne va pas ? lui demanda Tyree en la prenant dans ses bras.

— Je n'ai pas envie d'en parler, renifla-t-elle. Maman n'est pas avec toi ?

— Elle fait du shopping, lui répondit-il. Mais, tu ne veux pas en parler avec moi ? Ou tu ne veux pas en parler du tout ?

Elle le regarda à travers ses larmes, ne sachant quoi répondre. En fait, elle ne savait pas elle-même ce dont elle avait envie.

— Bon, il s'agit de Brent, c'est ça ? Je te comprends… À ta place, je n'aurais pas non plus envie d'en parler avec moi, lui dit-il avec un sourire.

Elle rit malgré ses larmes et se serra à nouveau contre lui.

— Suis-moi, lui ordonna-t-il d'un ton joyeux.

Puis il se rendit dans la cuisine, enfila un tablier et lui en lança un qu'elle attrapa par réflexe.

— Qu'est-ce que…

— Nous allons cuisiner ! l'interrompit-il.

— Mais… qu'est-ce que ça va changer ? demanda-t-elle, naïvement.

— Ma chérie, déclara-t-il. Est-ce que tu peux faire quelque chose, maintenant, tout de suite, qui pourrait réparer ce qui s'est passé entre vous ?

— Non, dit-elle en reniflant.

— Est-ce que me parler pourrait t'aider à te sentir mieux ?

Encore une fois, elle fit non de la tête.

— Dans ce cas, cuisiner avec ton papa est tout ce qu'il te reste à faire !

Elle sembla réfléchir un instant puis finit par nouer le tablier autour de sa taille. Il avait raison : cela n'allait peut-être pas arranger les choses, mais ça ne pouvait lui faire que du bien.

À ce moment-là, elle aima vraiment son père.

QUATORZE

DEPUIS LE DÉPART D'ELENA, Brent avait l'impression de vivre dans le brouillard. S'il était persuadé d'avoir pris la bonne décision, ses certitudes semblaient voler en éclats chaque fois qu'il pensait à elle, ou que Faith lui demandait quand Elena allait revenir.

Il ne savait plus quoi penser. Si vraiment il avait fait ce qu'il fallait, pourquoi se sentait-il si vide à l'intérieur ? Et pourquoi doutait-il si souvent ?

Il ne cessait de consulter son téléphone pour voir si elle l'avait appelé ou si elle lui avait envoyé un message. Parfois, il composait son numéro, mais, au moment d'appuyer sur la touche d'appel, il renonçait.

La vérité, c'était qu'elle avait raison. Il avait peur.

Et, en même temps, elle lui manquait. Terriblement.

Mais cela était-il suffisant pour l'accueillir dans sa vie ? Prendre le risque de mettre sa fille en danger ?

Il était rongé par le doute, et cela le rendait dingue.

Lorsque le samedi arriva, il fut soulagé. Le salon de l'alimentation devait avoir lieu le soir même et il devait assurer la sécurité de l'évènement, avec son équipe. Cela lui donnerait enfin l'occasion de penser à autre chose.

Il accompagna Faith chez Kyla, où elle devait passer la nuit, et rentra se préparer. Il se sentait bien. Sans doute était-ce à l'idée de passer la soirée dans une ambiance animée, loin de ses doutes. Mais, s'il était honnête avec lui-même, c'était aussi parce qu'il allait revoir Elena pour la première fois depuis son départ.

Tandis qu'il nouait sa cravate noire, il ne put s'empêcher de se demander ce qu'elle allait porter. En fait, il ne pouvait s'empêcher de penser à elle. Partout, tout le temps, et quoi qu'il fasse. Cela avait suffisamment duré. Il décida de lui parler.

Pressé de la voir et de lui dire ce qu'il avait sur le cœur, il arriva avec quinze minutes d'avance. Dès qu'il poussa la porte du *Fix*, il entendit sa voix, et son rythme cardiaque s'accéléra aussitôt. Mais ce n'était qu'une vidéo sur laquelle elle était en train de préparer des lasagnes avec Tyree – l'une des vidéos qui devaient être diffusées durant la soirée.

Il l'observa quelques instants, admirant ses traits qu'il connaissait désormais par cœur, et se remémorant la sensation de sa peau sous ses doigts, de ses lèvres posées sur les siennes.

Elena.

— Salut, Brent...

Tout son corps se tendit. Il resta figé, n'osant se retourner.

— Salut, Elena, lui dit-il finalement en se tournant vers elle. Tu es magnifique !

Elle portait une longue robe de soirée ornée de perles, et dont la légère transparence dévoilait subtilement sa taille et sa silhouette élancée.

— Tu n'es pas trop mal non plus, répondit-elle en souriant.

Il voulut répondre, mais c'était comme si les mots restaient coincés dans sa gorge.

— Est-ce que je peux te parler ? parvint-il finalement à lui demander.

— Je n'ai pas l'impression d'être celle de nous deux qui refuse le dialogue, répondit-elle, un brin acerbe.

Il acquiesça en souriant et en baissant les yeux.

— Tu as raison de me le faire remarquer, reprit-il. Mais, je voudrais te dire que...

Il s'interrompit un instant, incapable de trouver ses mots.

— Je... Tu me manques. Terriblement, résuma-t-il enfin.

Il vit une étincelle dans ces beaux yeux, ce qui l'encouragea à continuer.

— Et je voulais que tu saches que, j'aimerais beaucoup que nous soyons amis.

Aussitôt, l'étincelle disparut, et il comprit qu'il venait de la perdre à nouveau.

— Je ne peux pas, rétorqua-t-elle froidement. Je ne veux pas d'un entre-deux, Brent. Je t'aime, tu comprends ? Et je veux tout. Je suppose que j'aurais dû te le dire avant, mais, c'est comme ça, je te le dis seulement maintenant. Je t'aime, répéta-t-elle. Désespérément. J'en suis certaine. Et je suis désolée si ça te met mal à l'aise, mais je ne peux pas changer ce que je ressens pour toi.

Elle s'interrompit, reprenant son souffle.

Elle l'aimait...

— Et tu suis ce qui me rend le plus triste dans le fait que ça ne soit pas réciproque ? C'est que je sais que je ne trouverai jamais personne que j'aime autant que Faith et toi.

Faith et toi.

Il voyait qu'elle était sincère. Elle l'aimait, et pas seulement lui – elle aimait aussi Faith. Elle semblait prête à s'engager, vraiment. Pourtant, il ne parvenait pas à se défaire de ce sentiment de peur qui l'habitait et le tétanisait, l'empêchant de se laisser aller comme Elena était en train de le faire.

— Brent ?

Il la regarda, la gorge serrée.

— Ça m'a vraiment fait plaisir de te voir, répondit-il simplement.

Médusée, elle le regarda avec stupéfaction, les yeux remplis de larmes.

— Bon… je vais y aller. Je pense que mon père doit avoir besoin de moi, prétendit-elle, cherchant une excuse pour s'éloigner de lui.

— Elena, attends…

C'était trop tard. Elle avait disparu dans la foule.

Il resta là, debout, le regard dans le vague. Il avait l'impression d'être redevenu enfant et de s'être perdu dans un grand magasin, ne sachant ni où aller, ni quoi faire.

Il sortit du restaurant et marcha entre les longues tables installées dans la rue. Il regardait droit devant lui, sans un regard pour les plats qui étaient servis, et sans prêter attention à la bonne humeur qui régnait. Tout ce qu'il voulait, c'était la retrouver. Lui dire qu'il était un idiot, et qu'il était prêt à prendre le risque – qu'il ne voulait pas la perdre.

— Ouh la ! Tu n'as pas bonne mine, dis donc ! lui lança Jenna qui le rejoignit. Tu es malade ?

— Peut-être, oui, répondit-il, hagard. Je vais rentrer, je crois...

Elle pressa sa paume contre son front.

— Tu n'as pas de fièvre, pourtant. Mais, en effet, tu devrais peut-être rentrer, lui conseilla-t-elle d'un air inquiet. J'espère que ce n'est pas quelque chose que tu as mangé ici. Ça voudrait dire qu'on risquerait d'avoir de nombreux cas d'intoxication alimentaire...

— Ne t'inquiète pas, je n'ai rien avalé, la rassura-t-il.

Elle sembla tellement soulagée que cela le fit rire.

— Désolée, dit-elle en riant à son tour. C'est juste tellement stressant cet évènement...

— Je sais. En fait, je cherchais Elena, lui avoua-t-il.

— Ah... De l'eau dans le gaz ?

Il la regarda en penchant la tête sur le côté, les sourcils froncés.

— Tu savais ?

— Évidemment ! Et tout ce que je peux te dire, c'est que vous allez merveilleusement bien ensemble, Brent. Je t'assure...

— Merci, Jenna, lui dit-il avec un sourire triste.

— Si tu veux la trouver, à mon avis, tu devrais aller voir du côté de Tyree.

Elle avait certainement raison. Il la laissa à côté d'une table remplie de pop cakes, et partit à la recherche de Tyree. Il le trouva près du bar, un verre de scotch à la main.

— J'ai eu une longue conversation avec ma fille récemment, déclara Tyree sans préambule, lorsqu'il le vit arriver. Elle m'a dit que tu la rendais heureuse... Vu la façon dont vous vous regardez, je la crois. Mais, dans ce cas, pourquoi n'est-elle pas avec toi maintenant ?

Il voulut lui expliquer la situation, lui dire qu'il s'était comporté comme un imbécile, mais Tyree ne lui en laissa pas l'occasion et continua.

— Je vais te dire pourquoi, reprit-il. C'est parce que tu vis dans l'ombre d'Olivia. Mais, je peux te le dire maintenant : cette nana n'était pas faite pour être mariée, et encore moins pour être mère. Je ne veux pas la juger, après tout, je ne la connaissais pas bien, mais on n'avait pas besoin de beaucoup la connaître pour se rendre compte de ça. J'espère au moins que tu ne compares pas ma fille à elle ? Si c'est le cas, en tant que père, et en tant qu'ami, je peux te dire que tu fais fausse route... Elena n'est pas du genre à abandonner ses rêves. Or, tu fais partie de ses rêves, désormais. Elle n'est pas près de t'abandonner, crois-moi.

— Mais je suis plus âgé qu'elle, fit remarquer

Brent, soulagé de savoir que Tyree était au courant et qu'il semblait approuver sa relation avec Elena.

— Et alors ?

— Ça ne te dérange pas ?

— Disons que j'ai l'impression que mon avis n'est pas très important, en l'occurrence, répondit-il avec un sourire. La vraie question serait plutôt : est-ce que ça te dérange ?

— Non.

— Alors, parfait ! lança Tyree. Elena sera toujours mon bébé. Mais je te connais, Brent. Je te connais mieux que quiconque, à part peut-être Reece et Jenna. Et je ne pouvais pas rêver d'un meilleur gendre que toi, conclut-il en lui donnant une tape amicale dans le dos.

— Merci Tyree, répondit Brent, touché en plein cœur.

— Va plutôt la retrouver...

— J'aimerais beaucoup, mais je ne sais pas où elle est.

— Elle est rentrée chez elle, lui dit Tyree. Va la rejoindre ce soir ; nous, on se retrouve demain pour parler de ce putain de droit de préemption, okay ?

— Okay. Parce que Landon et moi avons...

— Monsieur Tyree Johnson ?

Un homme maigre, portant l'uniforme de l'hôtel Winston les interrompit.

— Oui, c'est bien moi.

— Ceci est arrivé pour vous à l'hôtel, dit l'homme en lui tendant une enveloppe.

— Merci, répondit Tyree un brin étonné.

Sans attendre, il ouvrit l'enveloppe.

— Bon, on se voit demain... dit Brent qui supposait qu'il s'agissait d'une lettre d'amour envoyée par Eva, et qui ne voulait pas le déranger.

— Attends ! lui dit Tyree en attrapant son bras pour l'empêcher de partir, la voix étranglée.

— Qu'est-ce qu'il y a ? demanda Brent, inquiet.

Sans répondre, Tyree lui tendit le mot qu'il venait de lire.

Rappelez vos bulldogs et arrêtez de nous emmerder, sinon, ce sera pire la prochaine fois. Nous n'hésiterons pas à frapper fort, cette fois.

Brent sentit son sang ne faire qu'un tour.

— Elena... murmura Tyree.

Brent était déjà en train de courir jusqu'à sa voiture, suivi par Tyree.

QUINZE

— J'AI ENVOYÉ deux voitures chez elles, déclara Landon que Brent avait appelé depuis le système Bluetooth de sa voiture. J'ai aussi prévenu mes gars ; tu peux foncer, vous ne serez pas arrêtés, le rassura-t-il. Mais soyez prudents, les gars ! Je suis sûre qu'elle va bien.

Brent appuya sur l'accélérateur de sa Volvo. Il espérait que Landon avait raison. Il n'imaginait pas le contraire. Il ne supporterait pas qu'il lui soit arrivé quoi que ce soit.

— J'avais raison à propos de *Déliss*, dit-il à son ancien collègue. Putain ! Si seulement j'avais fait le lien entre ces connards et le licenciement d'Elena...

— Attends, je ne comprends rien, lui dit Landon. Il va falloir que tu m'expliques depuis le début...

— Le succès du *Fix* fait des envieux. Les proprios de *Déliss* essaient de mettre la main dessus depuis des lustres. C'est pour ça que Ted Henry a demandé à Tyree de lui rembourser le prêt par anticipation, expliqua Brent, faisant référence à l'investisseur qui avait prêté à Tyree l'argent nécessaire à l'ouverture du *Fix*, avant d'investir ensuite chez *Déliss*, le restaurant qui était leur principal concurrent. Il voulait que Tyree se retrouve en défaut de paiement pour pouvoir saisir le restaurant.

En fait, c'était aussi grâce à Ted Henry que le concours de l'Homme du mois était né. À l'époque où Tyree était à court de liquidités pour rembourser le prêt, il avait ouvert le capital du *Fix* à Reece et Brent. Mais, avant qu'ils investissent, Tyree avait voulu assainir sa situation – c'était à ce moment-là que Jenna avait eu l'idée du concours pour attirer de la clientèle et augmenter le chiffre d'affaires.

— Mais, même si Ted Henry n'a pas réussi à récupérer le *Fix*, *Déliss* continue d'essayer. Ils ont tout intérêt à ce que le *Fix* disparaisse ou à en devenir propriétaires. Et ils sont prêts à tout pour ça : débauche d'employés, graffiti, vandalisme... Mais rien n'a fonctionné, jusque-là. Le *Fix* a du succès, et contre ça, ils ne peuvent rien.

— Et c'est pour ça qu'ils veulent déstabiliser

Tyree... poursuivit Landon qui commençait à comprendre. Ils savent que, s'il craque, le *Fix* sera plus facile à récupérer.

— Mais quel est le lien avec Elena ? demanda Tyree.

— Quelqu'un de chez *Déliss* doit avoir des liens avec le Centre, déclara Brent. Je pense qu'ils ne savaient pas qui elle était quand ils ont mis leur plan en action. Quand ils s'en sont rendu compte, ils ont fait en sorte de l'éloigner avant qu'elle ne comprenne leur petit jeu et leur mette des bâtons dans les roues.

— On va trouver qui fait le lien entre *Déliss* et le Centre, je vous le garantis, déclara Landon. Je suis dessus.

— On a un avantage sur eux, ajouta Brent. J'ai fait installer des caméras de surveillance dans son appartement. Je doute qu'ils s'en soient rendu compte. Si tu arrives à y avoir accès, tu dois pouvoir avoir un visage.

— Okay, je m'en occupe, répondit Landon. Vous deux, concentrez sur Elena, et faites gaffe sur la route !

— T'inquiète, lui dit Brent. Je gère. Merci, mec ! conclut-il avant de raccrocher.

Ils arrivèrent devant l'immeuble d'Elena. Les voitures de police étaient déjà sur place, baignant la rue de leurs lumières rouges et bleues.

Tyree descendit immédiatement de voiture et courut jusqu'à l'appartement de sa fille.

— Elle va bien, monsieur, le rassura un officier en uniforme qui se trouvait devant la porte d'entrée. Vous pouvez entrer, le commandant Landon nous a prévenus de votre arrivée et nous a demandé de vous laisser passer.

— Merci, répondit Tyree d'un air distrait.

Brent le rejoignit et ils entrèrent ensemble dans l'appartement, découvrant le salon tâché de ce qui semblait être du sang.

— C'est de la peinture, leur dit un autre officier en découvrant leur inquiétude. Les fenêtres étaient ouvertes...

— Et Elena ? demanda Brent.

— Elle va bien, elle est en train d'être interrogée, mais il n'y en aura pas pour longtemps, leur assura l'officier. Ils n'ont pas touché la chambre. Apparemment, elle était en train de dormir lorsque ça s'est passé. Elle n'a rien vu et n'a pas été agressée.

Brent ne fut pas surpris par cette information. Compte tenu de leur dernier échange, elle avait dû boire quelques verres et aller se coucher pour essayer de l'oublier.

— Ils sont rentrés dans l'appartement ou ils ont

simplement jeté la peinture par les fenêtres ? s'enquit-il.

— Ils sont rentrés, monsieur, répondit l'officier. Ils ont écrit un message sur le miroir de la salle de bain. *La prochaine fois, ce sera elle.*

Brent serra les poings, et il rencontra les yeux remplis de rage de Tyree. Il avait hâte que Landon retrouve ces salauds et qu'il leur fasse payer...

— Brent ! Papa !

Elena se précipita dans les bras de Tyree. Pendant un moment, Brent se sentit mal à l'aise, craignant qu'elle ne l'ignore.

Mais, pour son plus grand bonheur, elle se détacha de l'étreinte de son père et sauta dans les bras de Brent.

— Je vous attends dehors, leur dit Tyree avec un large sourire.

— Tu es venu... murmura-t-elle lorsque Tyree fut parti.

— Bien sûr que je suis venu, répondit-il, la guidant vers un coin tranquille du salon. Tu vas bien ? Est-ce que je peux te toucher ? J'en ai tellement besoin. On va retrouver ceux qui ont fait ça ; Landon est sur le coup. Mais, là tout de suite, j'ai juste besoin de te serrer contre moi.

— Oui, je t'en supplie, serre-moi contre toi. Brent, l'implora-t-elle. Je suis tellement... Je suis désolée, lui dit-elle, la tête enfouie dans son cou. Je ne veux pas te perdre, et si le seul moyen de t'avoir dans ma vie est d'être ton amie, alors j'accepte. Ce sera difficile, mais je peux...

— Épouse-moi, l'interrompit-il.

Elle le regarda en clignant des yeux.

— Quoi ?

— Tu as très bien entendu, lui dit-il avec un large sourire. Je veux que tu deviennes ma femme.

— Attends ! répondit-elle en riant. Uniquement parce que des types ont vandalisé mon appartement ?

— Non, parce que je t'aime, tout simplement. Tout à l'heure, au salon de l'alimentation, quand tu es partie, je t'ai cherchée partout pour te dire ça. Demande à ton père...

Le visage d'Elena s'illumina.

— C'est vrai ?

— Je te le jure sur la vie de ma fille !

— Brent... murmura-t-elle.

Elle le regarda, pleine d'amour pour lui, en caressant sa joue. Elle savait ce que sa fille représentait pour lui, et elle prenait toute la mesure de sa sincérité.

— Mais pourquoi ? reprit-elle. Pourquoi le mariage ? Pourquoi si vite ?

— Parce que je suis malheureux sans toi. Parce que j'ai compris que tu m'aimais aussi. Et parce que, non, ce n'est pas trop rapide. Quand on s'aime comme nous nous aimons, ce n'est jamais trop rapide. Mais si tu préfères attendre, ça me va aussi. Je suis prêt à attendre autant que tu voudras, car je sais maintenant que tu ne partiras pas. Et moi non plus.

— Très beau discours, tu avais répété ? plaisanta-t-elle.

— Que de l'impro ! répondit-il en feignant d'être fier de lui.

Elena éclata de rire.

— Je t'aime, Brent Sinclair.

— Ça veut dire « oui » ?

— Ça veut dire « oui », confirma-t-elle. Mais à deux conditions...

— Tout ce que tu veux !

— D'abord, je voudrais adopter Faith. Si tu me veux dans sa vie, alors je veux être sa mère. En supposant qu'elle le veuille aussi.

— Ma chérie...

S'il n'avait pas déjà été amoureux d'elle, il le serait devenu sur-le-champ.

Il avait déjà une ordonnance du tribunal mettant fin aux droits parentaux d'Olivia, l'adoption serait donc facile.

— Tu ne peux pas imaginer à quel point cela me rend heureux, reprit-il, ému. Et je suis sûr que Faith te veut dans sa vie autant que je te veux dans la mienne. Quoi d'autre ?

— Alors... commença-t-elle, avec un air de défi amusé. Tous les fiancés ou les maris de mes amies sont dans le calendrier de l'Homme du mois. L'élection de Mister Décembre a lieu la semaine prochaine...

Elle s'interrompit un instant et lui lança un sourire malicieux.

— J'adorerais que tu y participes, toi aussi. Et si tu gagnes, tu auras le droit à un bonus !

— Rien que ça ? lui dit-il en la serrant contre lui, amusé par sa demande. Ça dépend : quel est le bonus ?

— J'adorerais te montrer tout de suite, mais je ne suis pas sûre de pouvoir me mettre nue devant tout le monde...

— Je vois, répondit-il en riant. Bon, dans ce cas, je vais tout faire pour gagner le concours. Et puis je t'épouserai. Et puis nous vivrons heureux pour toujours. Ça sonne pas mal, non ?

Elle enroula ses bras autour de son cou et lui sourit, les yeux emplis de chaleur, de tendresse et d'amour.

— Ça sonne merveilleusement bien...

ÉPILOGUE

— S'IL VOUS PLAÎT ! s'écria Tyree, sur la scène, en levant la main. S'il vous plaît, pourrais-je avoir votre attention ?

Dans le public, les amis, les collègues, et les clients qui étaient venus fêter le réveillon du Nouvel An au *Fix* continuèrent à parler, à rire, et à boire, en attendant minuit qui n'allait pas tarder à sonner.

— Attends, lui dit Taylor qui était dans le public, près de lui, avec Landon.

Elle lâcha la main de Landon et se précipita vers une armoire camouflée dans le mur, à côté de la scène. Elle composa le code de déverrouillage, et en sortit un micro sans fil, qu'elle alla tendre à Tyree.

— Avec ça, je pense que ça ira mieux, lui dit-elle avec un clin d'œil.

Tyree lui lança un sourire reconnaissant, puis alluma le micro.

— Est-ce que tout le monde m'entend ? demanda-t-il à l'assemblée, sa voix portée par le micro.

Cette fois, un « oui » général retentit dans le bar, suivi d'applaudissements chaleureux.

Il avait répété le discours qu'il prévoyait de prononcer, mais, l'espace d'une seconde, il crut avoir tout oublié. Il se ressaisit en se rappelant que les personnes qui étaient dans l'assemblée n'étaient que ses amis, ses clients fidèles, et sa famille. Il prit une longue inspiration, et commença.

— Tout d'abord, je tiens à vous remercier tous d'être venus ce soir. Comme certains d'entre vous le savent, le réveillon du Nouvel An est une tradition au *Fix*. Mais, cette année est un peu particulière… Il y a quelques mois, j'ai cru que nous allions devoir mettre la clé sous la porte…

Des sifflements fusèrent dans la salle, et Tyree sourit en constatant à quel point les gens tenaient à son bar.

— Rassurez-vous, reprit-il, j'ai une équipe formidable avec moi. Et je tiens d'ailleurs à les remercier ce soir. Je vous demande d'applaudir mes formidables collaborateurs : Jenna, Brent, et Reece.

Les applaudissements retentirent à nouveau, et

Tyree attendit que le silence revienne.

— Je tiens à les remercier, poursuivit-il, car, non seulement ils ont investi dans cet endroit, mais c'est aussi grâce à eux que l'élection de l'Homme du mois a pu voir le jour.

Une autre salve d'applaudissements, et quelqu'un souleva Brooke dans le public.

— Évidemment, je voudrais aussi remercier très chaleureusement notre amie Brooke. C'est grâce à elle que le *Fix* a pu participer à la célèbre émission de télé-réalité, *Réno Boutique*.

Le public applaudit Brooke, laquelle riait et se débattait pour essayer de redescendre, gênée d'être au centre de l'attention.

— Et, bien sûr, la plupart d'entre vous connaissent déjà le travail héroïque de Brent, Easton, et Landon, qui ont réussi à déjouer une tentative de rachat du *Fix* par la ville – un complot fomenté par certains qui aimeraient que l'on ait un peu moins de succès. Nous n'aurions pas pu nous en sortir sans la collaboration d'avocats et de policiers que nous avons la chance de compter parmi nos clients.

En effet, les propriétaires de *Déliss*, notamment Ted Henry et le gérant de l'établissement, Steven Kane, avaient été arrêtés et traduits en justice. Easton avait alors pu contester le droit de préemption dont la ville voulait bénéficier pour racheter le *Fix*, et le tribunal avait fini par lui donner raison.

Tyree observa avec fierté et affection Taylor embrasser Landon, et Brent donner une tape amicale à Easton, avant que Selma ne l'attire vers elle pour l'embrasser avec passion, et qu'Elena n'en fasse de même avec Brent.

— En d'autres termes, poursuivit Tyree, l'année a été chargée, mais nous sommes savons désormais qu'il y en aura encore beaucoup d'autres !

Une fois de plus, des verres se levèrent, et des encouragements se firent entendre de toutes parts, accompagnés d'applaudissements chaleureux.

Tyree continua son discours, évoquant la mise en vente des livres contenant les recettes de cuisine du *Fix*, ainsi que des calendriers avec les photos de tous les vainqueurs de l'élection de l'Homme du mois, qu'il présenta un à un. Il commença par Mister Janvier, Reece, qui se tenait à côté de Jenna, dont le ventre était si énorme qu'on avait l'impression qu'elle allait accoucher d'un moment à l'autre, alors qu'il lui restait encore tout le neuvième mois à faire.

Puis ce fut ensuite au tour de Spencer, Mister Février, qui était en train de partager une bouteille de vin avec Brooke et leurs cameramen, Nick et Casper. Maintenant que l'émission mettant en scène le *Fix* était terminée, tous les quatre étaient occupés à tourner un nouvel épisode dans l'ancien ranch que Brooke et Spencer habitaient et qu'ils étaient en train de rénover.

Mister Mars, Cam, travaillait derrière le bar, se déplaçant à la vitesse de l'éclair pour servir les nombreux clients. Sa petite amie, Mina, et son frère, Darryl, étaient assis sur des tabourets devant lui, et saluèrent Tyree lorsqu'il les présenta en même temps que Cam.

Il fallut une seconde à Tyree pour trouver Mister Avril, Nolan. Il finit par l'apercevoir, au milieu d'un groupe d'amis hilares. Apparemment, il était en train de raconter une blague, comme à son habitude, sous les yeux émerveillés de Shelby, sa petite amie.

Il passa alors à Mister Mai, Mister Juin, et Mister Juillet, qui formaient un groupe, près du bar, accompagnés de leurs fiancées respectives.

Mister Août, Landon, fut facile à trouver, car il se trouvait juste à côté de la scène, en compagnie de Taylor. Lorsque Tyree le présenta, Landon fit une révérence qui fit rire l'assemblée.

Après avoir présenté Mister Septembre et Mister Octobre – l'avocat de Tyree, Easton, et son coach sportif personnel, Matthew –, il fallut un moment à Tyree pour repérer Griffin, Mister Novembre, dans le public. Il était tellement habitué à le voir vêtu d'un sweat à capuche gris, qu'il faillit ne pas le reconnaître lorsqu'il le découvrit, assis à côté de Beverly, sa petite amie qui n'était autre qu'une célèbre actrice de cinéma, à l'une des tables, uniquement vêtu d'un t-shirt à manches courtes qui laissait apparaître ses cicatrices. Il fut si ému de voir son ami si épanoui que des larmes lui piquèrent les yeux.

Sa voix tremblait encore lorsque, enfin, il présenta Mister Décembre, Brent, qui était aussi son futur gendre.

Finalement, le téléviseur grand écran, sur lequel étaient diffusés en boucle des épisodes de *Réno Boutique,* se transforma en un écran noir, puis un compte à rebours s'afficha, indiquant les quelques minutes qu'il restait avant le passage à la nouvelle année. En regardant le compteur, Tyree se dit qu'il était déterminé à profiter de sa famille et de ses amis pour terminer cette année en beauté. Eva se dirigea vers lui, avec un sourire qui lui réchauffa le cœur. En la regardant, il se dit qu'elle était certainement la meilleure chose qu'il lui soit arrivé dans l'année, et que l'avenir à ses côtés promettait d'être radieux. Il lui tendit la main et l'attira sur la scène avec lui, cherchant des yeux Elena et Eli qui les regardaient avec des étoiles plein les yeux.

Il embrassa Eva, et tout le public les applaudit, longtemps et avec une sincérité réconfortante.

— Merci, tout le monde ! cria-t-il, reprenant la parole dans le micro. Vous avez fait des six premières années du *Fix* un magnifique succès. Le parcours a été semé d'embûches, mais je crois que, tous ensemble, nous avons réussi à prouver que rien n'était plus magique que l'amitié – et l'amour ! ajouta-t-il en serrant à nouveau Eva contre lui.

— Bravo, Tyree ! s'écria Brent, tandis qu'Elena applaudissait, avec une fierté non dissimulée.

— Évidemment, le champagne et le vin sont gratuits, tout comme les taxis pour tous ceux qui en abuseraient. Nous avons également un calendrier gratuit pour chacun d'entre vous, mais n'hésitez pas à en acheter d'autres pour vos amis !

— Félicitations, papa, lui dit Elena en s'approchant de lui, lorsqu'il fut descendu de la scène avec Eva.

— Merci, ma chérie, lui dit Tyree la prenant dans ses bras. Fais-moi voir ce truc, dit-il en regardant sa bague de fiançailles. Magnifique ! Prenez soin de vous tous les deux, ajouta-t-il en passant un bras autour de Breen et Elena. Vous savez que je vous aime tous les deux ?

— Nous le savons, répondit Elena.

Tyree remarqua alors un homme de grande taille,

aux cheveux argentés, qui marchait vers eux. Il fronça les sourcils, essayant de savoir de qui il s'agissait, mais il n'y parvint pas.

— Brent. Tu connais ce type ? demanda-t-il à son ami.

— Euh... son visage me dit quelque chose, mais je ne suis pas...

Il s'interrompit, reconnaissant soudain l'homme.

— Mais c'est...

Il n'eut pas le temps de terminer, l'homme se présenta de lui-même.

— Thomas Baker, dit-il en tendant la main à Tyree. Vous êtes Tyree Johnson, n'est-ce pas ?

— En effet, confirma Tyree en lui serrant la main. Que puis-je faire pour vous ?

— Très belle fête, répondit Thomas Baker, éludant la question. Votre établissement semble très bien marcher...

Tyree regarda l'homme avec méfiance.

— Qu'est-ce qui vous amène ici ce soir ? lui demanda-t-il, sur ses gardes.

— Honnêtement ? Je suis venu parce que je vous dois des excuses.

— C'est-à-dire ?

— Baker Holdings est propriétaire de *Déliss*, répondit Thomas Baker. D'après ce que j'ai compris, certains de mes employés et co-investisseurs se sont comportés de la pire des manières. Je voulais juste que vous sachiez que nous coopérons avec la police concernant les poursuites, et que j'ai nommé une nouvelle direction pour *Déliss*. Vous ne serez plus importunés ; j'y veillerai personnellement.

— Oh... fit Tyree, qui ne savait pas trop quoi répondre.

— Je vous prie, donc, d'accepter mes excuses. Par ailleurs, je tiens à vous dire que je suis très impressionné par ce que vous avez accompli cette année. Je suis fier d'être votre concurrent, et, encore une fois, je suis désolé du comportement de mes anciens collaborateurs.

— J'accepte vos excuses, déclara Tyree avec un grand sourire. De toute façon, il y a suffisamment de travail pour tout le monde.

— Vous avez tout à fait raison, répondit Baker. Toutefois, si jamais vous décidez de vendre...

Tyree regarda autour de lui, la pièce remplie d'amis, de clients, d'amour, et de rires.

— Désolé, monsieur Baker, dit-il alors que le décompte de minuit commençait. Mais le *Fix* est chez moi, avec toute ma famille. Alors, je vais m'accrocher à cet endroit et ne jamais le laisser tomber !

Je ne crois pas aux relations, mais je crois à la baise.

Pourquoi, me demandez-vous ? Bon sang, je pourrais écrire un bouquin. *Petit Guide vers le succès financier, émotionnel et professionnel.* Mais franchement, pourquoi s'embêter avec un livre alors que la thèse entière se résume à cinq mots : Ne vous engagez pas. Baisez.

Écoutez-moi bien.

Les relations, ça prend du temps, et quand vous essayez de lancer votre société, vous devez consacrer chaque heure de votre vie au travail. Vous pouvez me croire. Ça fait quelques mois que mes amis et moi avons créé Sécurité Blackwell-Lyon, et nous bottons des culs vingt-quatre heures sur vingt-quatre et sept jours sur sept. Missions, réunions, et développement d'une solide base de clients.

Nos engagements s'avèrent payants. Je vous garantis que notre tableau de service ne serait pas aussi bien rempli si je passais une grande partie de mon précieux temps de travail à répondre aux messages d'une petite amie qui manquerait de confiance et me demanderait pourquoi je ne lui envoie pas de sextos toutes les dix minutes. Alors, zappez les relations amoureuses et vous verrez vos affaires prospérer.

Et puis, les coups d'un soir n'exigent pas de cadeaux ni de fleurs. Un verre et un dîner, peut-être, mais de toute façon, il faut bien manger, non ? Un déjeuner gratuit, ça n'existe peut-être pas, mais on peut très bien baiser à l'œil.

En fait, ce sont les avantages émotionnels qui m'intéressent le plus. Pas besoin de marcher sur des œufs parce que madame est d'humeur casse-pied. Pas de piège parce qu'elle exige de savoir pourquoi j'ai préféré la soirée poker au dernier mélo à l'eau de rose avec un acteur métrosexuel bronzé coiffé d'un chignon. Pas d'inquiétude à se demander si elle se tape un autre type quand elle ne répond pas à ses messages.

Et surtout, finis les gouffres abyssaux de chagrin quand elle rompt vos fiançailles deux semaines avant le mariage parce que, tout compte fait, elle ne sait plus trop si elle vous aime.

Non, je ne suis pas amer. Plus maintenant.

Mais je suis lucide.

La vérité, c'est que j'aime les femmes. Leur rire. La sensation de leur corps. Leur parfum.

Je prends mon pied en leur procurant du plaisir. Quand elles se liquéfient dans mes bras et me supplient de leur en donner plus.

Je les aime, certes. Mais je ne leur fais pas confiance. Et je ne me ferai pas baiser une seconde fois.

Pas comme ça, en tout cas.

Alors voilà. C.Q.F.D.

Je ne fais pas dans les relations. J'ai des histoires d'un soir. Je mets un point d'honneur à offrir à chaque femme qui partage mon lit l'aventure de sa vie.

Mais c'est un chemin à sens unique et je ne reviens pas en arrière.

C'est ma façon de faire. J'ai arrêté les relations il y a longtemps.

Alors, quand je me gare devant le Thym, ce nouveau restau à la mode dans le quartier huppé de Tarrytown, à Austin, et que je remets mes clés au voiturier, je m'attends à la procédure habituelle. Des bavardages sans conséquence. Quelques apéritifs. Un peu trop d'alcool et l'adrénaline qui l'accompagne. Puis un saut dans mon appartement du centre-ville pour un peu d'action en milieu de semaine.

Or, au lieu de ça, je tombe sur *elle*.

BLACKWELL-LYON SÉCURITÉ
Nos adorables mensonges
Nos drôles de jeux
Nos belles erreurs
Nos plus beaux rôles

Je sais que je ne devrais pas le désirer.

J'aimerais tant ne pas éprouver ce besoin.

Chaque jour qui passe, je prie pour que la douleur si douce de la nostalgie s'efface enfin. Mais elle demeure.

Dès le réveil, je ressens la douleur. Je retombe dans ces souvenirs qui me blessent aussi profondément que la lame d'un couteau. Balayée, la passion. Éradiqué, l'amour.

Autrefois, il y avait un homme qui me désirait. Désormais, il ne reste qu'une plaie noircie, comme la brûlure imprimée dans la terre après une explosion nucléaire.

Dès le réveil, je me raccroche à la colère.

Mais dans mes rêves, je capitule toujours.

Je me convaincs que je suis mieux sans lui. Pourtant, j'ai besoin de lui. De ses compétences. De son aide.

Il ne me reste aucune option. En lui convergent désir et crainte. Je ne peux que prier pour ne pas me briser comme du verre sous le poids de mes regrets.

1

Bâti en 1931, l'hôtel historique Hollywood Terrace régnait en maître sur le célèbre boulevard. C'était l'endroit où voir et être vu. Mais le temps a pris sa revanche et, comme la beauté fanée des starlettes de l'Âge d'Or, le palais Art Déco est tombé en décrépitude. Les élégantes garçonnes ont cédé la place aux hippies et aux Baby Boomers, qui à leur tour ont été remplacés par les Millennials alors que le vingtième et unième siècle succédait inexorablement au vingtième.

Pendant la première décennie du nouveau millénaire, l'icône autrefois majestueuse est restée délabrée, à l'abandon. Sa façade en stuc s'est décolorée en une teinte grisâtre et terne, les fenêtres couvertes de crasse et fendillées, les célèbres jardins envahis par la vermine et les mauvaises herbes.

Le sort réservé aux salles intérieures n'était guère meilleur. La tuyauterie fuyait, gagnée par la moisissure, et les rats détalaient dans les couloirs devant les chats errants qui avaient élu domicile dans les recoins obscurs. Les tapis pourrissaient. Le papier peint tombait en lambeaux. Et une fine couche de poussière recouvrait chaque surface telle une couverture négligée.

Avec la détermination d'un boxeur dans la tourmente, le bâtiment s'est débattu tant bien que mal pour rester digne en dépit des assauts des intempéries, des séismes et de la parade monotone du progrès dont témoignaient de nouvelles devantures flambant neuves. Lorsqu'un ruban jaune sur lequel on pouvait lire *Dangereux* et *Défense d'entrer* fut tendu devant les portes vitrées finement ouvragées, les riverains comprirent que le dernier coup avait été porté.

Puis Scott Lassiter a surgi de nulle part, à la rescousse. En fin de compte, l'histoire du Hollywood Terrace n'était pas un film de boxe. C'était l'histoire d'un renouveau. *My Fair Lady* pour l'hôtel délabré.

Le promoteur immobilier international n'a pas lésiné pour rendre au Hollywood Terrace sa splendeur d'antan, ravivant le joyau qu'il était un siècle auparavant. Il a transformé les salles de conférence de la mezzanine en suite de bureaux privés rien que pour lui, il a installé sa résidence au tout dernier étage et il a complété le tout par une piscine d'intérieur et une salle de bal somptueuse.

Tout le gratin a assisté à l'inauguration en grande pompe, cinq ans plus tôt, et Lassiter a été acclamé en héros par les gros bonnets de la ville. Un faiseur de miracles. Un vrai citoyen, dévoué à la préservation de l'histoire qui avait placé ce coin de la Californie du Sud sur la carte, quand les premiers pionniers armés de caméras s'étaient rassemblés sur cette terre d'aubaines et de soleil.

La fête du siècle a fait les gros titres des journaux dans le monde entier. Étant donné que le tout-Hollywood comptait parmi les invités, l'histoire était trop belle pour ne pas être publiée.

La fête de ce soir était encore plus somptueuse. Des dizaines et des dizaines d'invités occupaient la salle de bal Art Déco soigneusement restaurée, avec ses couleurs vives et ses motifs géométriques. Les revenus combinés des clients internationaux bien nantis faisaient passer la fortune des stars d'Hollywood pour de l'argent de poche d'adolescents. Le champagne millésimé coulait à flots dans des fontaines d'argent pur. Les femmes évoluaient sur les carreaux de marbre en robes de soirée conçues pour mettre en valeur des atouts de nature différente. Quant aux hommes en costume à moins de vingt-cinq mille dollars, ils passaient pour de simples frimeurs.

Ce soir-là, malgré tout ce beau monde auréolé de

pouvoir et d'argent, la presse n'était pas admise dans la salle de bal. Aucun photographe en quête d'images sexy à poster sur Page Six ou Instagram. Au contraire, cette fête était un événement intime, donné par Lassiter dans son fief privé.

Seule une clientèle triée sur le volet y avait été conviée.

Quincy Radcliffe, agent de Stark Sécurité, ne figurait pas sur la liste d'invités. Ou du moins, pas officiellement. Ce qui ne l'empêcha pas de faire signe à un serveur qui passait pour un scotch soda.

Il le sirota lentement, observant d'un œil désintéressé le flot d'hommes en costume et de femmes aux coiffures sophistiquées qui tournaient autour de Lassiter, comme s'ils venaient rendre hommage à un dieu.

Bande de fous aveugles.

Tout ce qu'ils voyaient, c'était l'argent et le pouvoir de Lassiter. Ils ne se doutaient pas que le compte en banque généreux de leur hôte devait moins à son portefeuille immobilier qu'au pourcentage qu'il prélevait sur le blanchiment d'argent et les programmes de protection.

Scott Lassiter était un connard manipulateur qui avait planté ses serres dans le monde criminel de la pègre. Un jour, Quincy se ferait un plaisir de tirer le tapis sous les pieds de ce bon à rien, s'assurant de lui offrir un panorama bien différent de celui de son appartement luxueux. Avec une dizaine de barreaux à la fenêtre.

Cependant, ce n'était pas au programme de ce soir. Pour l'instant, Lassiter était le moindre de deux maux, et si tout se déroulait comme prévu, ce branleur pathétique le conduirait sans le savoir vers le monstre à la tête d'un trafic d'esclaves sexuelles, le sous-homme au cœur de la mission de ce soir : *Corbu. Marius Corbu.*

— Il est incroyable, n'est-ce pas ?

La blonde aux yeux bruns qui venait de susurrer avait de longs cheveux lisses dans le dos et une frange qui venait effleurer ses sourcils parfaitement arqués. Elle portait une robe dorée vaporeuse et du maquillage si subtil qu'il était presque invisible, à l'exception du trait d'eye-liner noir qui soulignait ses grands yeux de biche et du rouge à lèvres si éclatant qu'il lui faisait penser à une cerise mûre.

— Vous parlez de notre hôte, Monsieur Lassiter ?

Elle gloussa et le champagne clapota dans son verre quand elle fit mine de taper dans ses mains.

— Oh, waouh ! se récria-t-elle comme une adolescente, d'une voix haut perchée. Vous êtes britannique.

— Nom de Dieu, en êtes-vous certaine, ma chère ? Une fois de plus, elle rit.

— Et vous êtes drôle, avec ça. Non, comment dites-vous en Grande-Bretagne ? *Plaisant.* Vous êtes fort plaisant.

Elle pencha la tête pour le dévisager. Il savait ce qu'elle voyait. Des cheveux noirs, un visage fin et des yeux gris enfoncés. Il portait un costume Ermenegildo Zegna sur mesure, plus cher que sa voiture. D'après son associée, Denise, il était « fabuleusement baisable ».

Apparemment, la blonde était d'accord, parce qu'il vit le moment précis où son air amusé céda le pas à une attitude plus prédatrice.

— J'aime les hommes qui ont de l'humour.

Sa voix était grave, suave.

— Un homme qui rit doit savoir faire d'autres choses intéressantes avec sa bouche.

Elle inclina la tête avec provocation.

— Je m'appelle Desiree. Et vous ?

— Canton, dit-il, lui donnant le nom correspondant à son personnage pour cette mission, un gestionnaire de fonds spéculatif basé à Hong Kong. Robert Canton.

Elle s'approcha de lui d'un pas chaloupé. Sa robe opaque sembla transparente lorsqu'elle s'avança dans une flaque de lumière. Elle était entièrement nue sous le tissu léger et il sentit son corps se contracter, par réflexe et non par désir. Lentement, elle fit courir ses doigts sur le revers de sa veste avant de descendre jusqu'à poser la main sur sa queue. Elle était dure – c'était un humain, après tout. Il n'était pas étonné. L'objet de cette soirée, c'était le sexe. Le sexe tarifé, cru et anonyme. Et il ne restait jamais insensible aux charmes d'une belle femme.

Elle posa sa main libre sur son épaule en se penchant pour murmurer :

— Eh bien, je suis tout à vous, Monsieur Canton. Comme vous le désirez, jusqu'au lever du jour.

Elle mordilla son lobe d'oreille et il se dit que ce serait très facile. Elle était prête à faire à peu près tout – c'était tout l'objectif de cette petite sauterie. Et il avait grand besoin de se détendre un peu.

Certaines opérations étaient plus ardues que d'autres et celle-ci était une vraie galère. Elle lui échauffait la tête. Pire encore, elle lui échauffait le sang. Et elle le consumait lentement comme un poison. Ou plus précisément, comme une mèche allumée. S'il la laissait brûler trop longtemps, il finirait par exploser. Les souvenirs sombres prendraient le dessus, le monstre imposerait son contrôle et...

Nom de Dieu.

— Oh, je crois que c'est un oui.

Elle commença lentement à le caresser.

— Je n'ai jamais baisé d'Anglais et je vous promets

que je vaux le coup. Je vous en prie, dites-moi que vous n'avez pas déjà donné votre clé à une autre fille.

Il afficha un léger sourire avant de retirer sa main de son entrejambe.

— Désolé, chérie. Je ne doute pas que vous sauriez me satisfaire, mais ma clé est déjà promise.

— *Peut-être pas*, fit alors une voix de femme à son oreille.

C'était Denise, qui se trouvait en ce moment même sur le toit de l'autre côté de la rue. Ainsi que dans son oreille. Elle entendait absolument tout étant donné que leurs oreillettes étaient en mode VOX.

— *Je n'arrive pas à mettre en place le bras du transmetteur. Je vais devoir rester ici et le positionner manuellement.*

— Nom de Dieu.

— Quoi ? fit Desiree.

— Quel dommage que je ne puisse pas vous inviter dans mon lit ce soir. Mais les règles sont les règles.

Et les règles de cette soirée reprenaient celles des fêtes bourgeoises des années soixante et soixante-dix. En résumé, un homme choisissait une femme en prenant sa clé et il passait la nuit à profiter de son corps, comme l'avait dit Desiree, selon ses moindres désirs jusqu'au lever du soleil.

La beauté de la soirée, du point de vue des

hommes, était que toutes les femmes étaient gagnées d'avance. C'étaient des call-girls haut de gamme, grassement payées par Lassiter. Y compris Denise – c'était Candy, son pseudonyme, qui touchait ce généreux salaire.

Quant aux hommes, ils payaient à Lassiter une coquette somme, soi-disant le prix d'une chambre d'hôtel. En réalité, le payement leur assurait le privilège de trouver une Miss Parfaite prête à satisfaire tous leurs fantasmes, leurs lubies et leurs envies les plus spéciales. En prime, ils avaient la satisfaction d'acheter une nuit de sexe sans payer officiellement pour cela.

Quince n'avait pas besoin d'une femme dans sa chambre. Il avait besoin d'une partenaire qui fasse le guet et maintienne l'amplificateur de signal en parfait alignement avec le transmetteur et l'ordinateur de Lassiter. Le transmetteur contre lequel luttait Denny sur le toit voisin ne serait d'aucune utilité s'il ne pouvait pas capter le signal dans sa chambre du troisième étage pour l'amplifier jusqu'au niveau mezzanine, où Quincy pourrait pirater l'ordinateur de Lassiter.

Et bien que Desiree soit disposée à satisfaire ses désirs les plus excentriques, il doutait qu'elle considère comme une forme de fétichisme le piratage du système de Lassiter. D'ailleurs, elle était déjà repartie à la recherche d'un autre propriétaire de clé.

C'est la vie.

— Tu te rends compte que ça pose un problème, murmura-t-il en levant son verre pour dissimuler le mouvement de ses lèvres avant de boire une longue gorgée dont il avait grand besoin.

— *Non, sans blague ? Heureusement que tu es là pour m'expliquer comment ça fonctionne.*

Il réprima un petit rire.

— Du calme, du calme.

— *Tu ne me vois pas, mais je te fais un doigt d'honneur, là.*

— Je te reconnais bien là.

Il s'approcha de la fenêtre afin de lui parler plus facilement, gardant un œil attentif sur les invités dans le reflet tout en faisant mine d'admirer Hollywood en contrebas. Denny était à son poste, perchée sur un ancien grand magasin reconverti en immeuble de bureaux.

— *Fait chier. Je vais utiliser une bande de ruban adhésif pour me rapprocher au maximum de la perfection. Je pourrai revenir illico presto. Tu as besoin de moi dans cette pièce.*

En effet. Mais ils avaient également besoin de pouvoir se fier à la transmission. Cette mission était cruciale pour la force opérationnelle conjointe entre l'Espagne et les États-Unis visant à faire tomber Corbu et son trafic international d'esclaves sexuelles. Stark Sécurité avait été embauché pour gérer cette étape hautement sensible. Une seule mission pour entrer, obtenir et décrypter les coordonnées des nombreux contacts de Lassiter, puis communiquer à la force opérationnelle le protocole nécessaire pour contacter Corbu.

S'il échouait, Stark Sécurité perdrait la réputation qu'ils venaient d'acquérir dans la communauté des renseignements internationaux. Plus important encore, des milliers de vies innocentes étaient en jeu et l'éventail des opportunités était réduit. Comme on le disait à la NASA, l'échec n'était pas une option.

— J'arrive, dit-il.

Il savait très bien qu'elle était compétente, mais il devait essayer.

— Je pourrais peut-être fixer le bras.

— *On n'a pas le temps. Je dois capter le signal dans quinze minutes et tu dois être en poste dans vingt minutes. Passé ce laps de temps, nous sommes foutus.*

Il sortit de sa poche la montre à gousset Patek Philippe qui avait appartenu au père qu'il avait à peine connu. D'une finesse exceptionnelle, elle était toujours à l'heure exacte, mais ce n'était pas pour cette raison que Quincy la portait toujours avec lui. C'était presque religieux, superstitieux.

La Patek Philippe était un souvenir du passé et une mise en garde contre l'avenir.

Elle ne l'induirait jamais en erreur, et en cet instant, elle lui disait que Denny avait raison.

Et merde.

— D'accord, dit-il. Ramène-toi.

C'était un risque énorme, mais l'appareil puissant était conçu pour permettre la transmission et la réception des quantités massives de données nécessaires au logiciel de décryptage performant des services de renseignements. Avec un peu de chance, l'ancre mise en place par Denny autoriserait le transmetteur à capter le signal et à le relayer à l'amplificateur dans la chambre d'hôtel de Quincy. Cet appareil fonctionnait comme un routeur WiFi. Il diffuserait le signal à l'intérieur de l'hôtel, où il serait intercepté par la technologie dont Quincy se servirait pour pirater le système de Lassiter.

Cependant, pour que cela fonctionne, le signal du transmetteur devait atteindre l'amplificateur avec une précision redoutable. Sinon, l'amplificateur relaierait tout et n'importe quoi à Quincy et à son logiciel haut de gamme créé par Stark Technologies Appliquées. La situation n'était pas idéale, mais ils n'avaient pas le choix.

Une fois de plus, il se tourna vers la salle. Il devait savoir où était Lassiter pour pouvoir s'éclipser sans se faire remarquer dans la chambre qui lui avait été attribuée au troisième étage. *Voilà.*

Lassiter se tenait dans un groupe de cinq hommes et deux femmes, sa main dans le dos d'une brune élancée. Les cheveux auburn de la jeune femme tombaient sur ses épaules, et sa robe dos nu très échancrée révélait sa peau lisse, quasiment jusqu'à ses fesses parfaites en forme de cœur. Il y avait quelque chose de très familier chez elle...

Aussitôt, il écarta cette pensée hors de propos.

— Bon, j'ai repéré Lassiter. Je me dirige...

Soudain, elle se retourna et il aperçut son visage.

Il se figea. Pétrifié, comme un arrêt sur image.

Eliza ? Il était impossible que ce soit Eliza.

— *Quince ? fit Denny d'une voix tendue. C'est Lassiter ? Il se doute de quelque chose ?*

— Ce n'est pas Lassiter. Un fantôme.

— *Quoi ?*

C'était forcément un fantôme. La femme aux cheveux auburn et aux yeux bleu clair. La femme dont les fossettes avaient fait battre son cœur.

La femme qu'il avait adorée. Dont le parfum s'attardait encore dans ses rêves.

La femme qu'il avait aimée plus passionnément qu'il l'aurait cru possible. Et qui, à présent, devait le haïr plus qu'il ne pouvait l'imaginer.

Il était improbable que cette femme se trouve à une soirée telle que celle-ci. Impossible.

Vraiment ?

Mon Dieu, mais dans quoi était-elle venue se fourrer ?

Sans en avoir conscience, il s'approcha d'elle. Ses longues enjambées franchirent la distance qui les séparait tandis que Denny poursuivait, à son oreille :

— *Que se passe-t-il ? Bon sang, j'arrive. On se retrouve à la chambre dans quatre minutes.*

Il savait qu'il aurait dû se retourner. Il y avait trop d'enjeux dans cette mission. Les vies et la liberté d'un trop grand nombre d'innocentes qui seraient prises au piège du trafic sexuel roumain. Plusieurs milliers de victimes tourmentées, y compris une fille de treize ans, angélique et terrorisée.

C'était après son enlèvement que la force opérationnelle européenne était entrée en action. Fille du prince-régent de l'une des plus petites monarchies européennes, la princesse avait été enlevée à l'occasion d'une sortie scolaire. Son père avait fait appel au chef de la force opérationnelle, un ancien camarade de l'Université d'Eaton, ouvrant les énormes coffres de la monarchie pour financer les mises en œuvre nécessaires afin de retrouver la fille et anéantir le trafic de Corbu.

Quincy frissonna quand l'image d'une autre adolescente lui apparut. *Shelley.* Ses yeux pleins de confiance. Ses sanglots étouffés. Et ses propres cris de terreur et d'impuissance alors qu'une douleur explosive le dévastait et que le monde s'effondrait autour de lui.

En cet instant, il savait ce qu'il avait à faire.

— Reste sur le toit, ordonna-t-il à Denny.

— *Quoi ? Mais...*

— Fais-moi confiance. Je gère.

Il avait été trop faible pour sauver Shelley.

Il l'avait laissé tomber. Il avait échoué.

Il était hors de question qu'il échoue à nouveau.

Même si pour cela, il devait intégrer Eliza Tucker dans ce projet aberrant.

**Charismatiques. Dangereux.
Terriblement Sexy.
Découvrez les hommes de Stark Sécurité.**

En mille éclats

En mémoire de nous

En demi-teinte

**Charismatique. Sûr de lui.
Puissant. Autoritaire.**
MON ANGE DÉCHU
MON DOUX PÉCHÉ
MA CRUELLE RÉDEMPTION

Investisseur brillant qui change en or tout ce qu'il touche, Devlin Saint est parti d'un modeste héritage pour décrocher des milliards. À présent, il est à la tête de l'un des organismes de bienfaisance les plus en vue sur la scène internationale. C'est un homme déterminé à aider les plus démunis, à combattre l'injustice et à rendre le monde meilleur. C'est du moins une partie de la vérité.

Mais ce n'est pas toute la vérité.

Parce que Devlin Saint cache un secret redoutable. Et il est prêt à tout pour le protéger. Quand Ellie Holmes, journaliste d'investigation, s'intéresse à un meurtre non résolu, elle se retrouve empêtrée dans un nœud d'intrigues et de passion, tandis que Devlin se rapproche dangereusement. Mais alors qu'entre eux, l'intensité et la sensualité montent en flèche, les soupçons d'Ellie suivent la même courbe. Jusqu'à ce qu'elle en vienne à douter de l'authenticité de leur relation torride, craignant qu'il ne s'agisse que d'une façade derrière laquelle il cache des secrets sombres et tortueux.

Chapitre 1

Le vent me cingle le visage et le soleil de l'après-midi m'éblouit alors que je descends le long tronçon de Sunset Canyon Road, à plus de cent soixante à l'heure.

Mon cœur bat la chamade et mes paumes sont moites, mais ce n'est pas à cause de la vitesse. Au contraire, c'est exactement ce dont j'ai besoin. L'adrénaline. Le frisson. Je suis une vraie droguée, et ces sensations m'affectent comme une surconsommation de sucre chez un enfant en bas âge.

Honnêtement, je dois mobiliser toute ma volonté pour ne pas mettre ma Shelby Cobra 1965 à l'épreuve et faire monter son puissant moteur dans les tours.

Cela dit, je ne peux pas. Pas aujourd'hui. Pas ici.

Parce que je suis de retour, et mon retour à la maison a réveillé des papillons dans mon ventre. Chaque virage de cette route me rappelle des souvenirs. Des larmes m'obstruent la gorge et j'ai les entrailles nouées.

Bon sang.

J'écrase la pédale d'embrayage, appuie sur le frein et passe au point mort tout en décrivant une embardée sur la gauche. Les pneus protestent dans un crissement tandis que je fais demi-tour, m'engageant sur la voie inverse. L'arrière de la voiture décroche dans un dérapage, avant de s'arrêter pile en droite ligne. J'ai le souffle court, et honnêtement, je crois que ma Shelby aussi. C'est plus qu'une voiture pour moi, c'est la meilleure amie de toute une vie, et en temps normal, je ne la pousse pas autant.

Maintenant, cependant...

Eh bien, maintenant, elle est dangereusement proche du bord de la falaise, toute son aile du côté passager parallèle avec le vide. De là, j'ai une vue imprenable sur la côte, dans le lointain. Sans parler d'un magnifique aperçu du petit centre-ville en contrebas.

Je tire sur le frein à main, le cœur dans la gorge. Ce n'est qu'une fois certaine que nous n'irons pas dévaler à flanc de falaise que je coupe le moteur de la Shelby, essuie mes paumes moites sur mon jean et autorise mon corps à se détendre.

Bien le bonjour, Laguna Cortez.

Avec un soupir, je retire ma casquette de baseball, laissant mes boucles foncées rebondir librement autour de mon visage, jusque sur mes épaules.

— Ressaisis-toi, Ellie, murmuré-je avant de prendre une profonde inspiration.

Pas tant pour le courage – je n'ai pas peur de cette ville –, mais pour la maîtrise de mes nerfs. Parce que Laguna Cortez m'a déjà mise à terre, autrefois, et il va me falloir toutes mes forces pour arpenter à nouveau ses rues.

Encore une respiration, puis je sors de la voiture. Je rejoins le bas-côté de la route. Il n'y a pas de parapet, et de la terre ainsi que quelques pierres dévalent le talus lorsque je m'arrête tout au bord, presque en équilibre.

En dessous, des rochers dentelés dépassent des parois du canyon. Plus bas, les arêtes saillantes s'adoucissent pour former une pente douce avec des maisons diverses nichées parmi les rochers et les broussailles. Les toits de tuiles suivent la route sinueuse qui mène au quartier des arts. Lovés dans la vallée, encadrée sur trois côtés par des collines et des gorges, les lieux s'ouvrent sur la plus grande plage de la ville qui attire un flux constant de touristes et de locaux.

Pour tout le monde, Laguna Cortez est l'un des joyaux de la côte Pacifique. Une ville à l'atmosphère décontractée, avec un peu moins de soixante mille habitants et des kilomètres de plages de sable et de galets.

La plupart des gens donneraient leur bras droit pour vivre ici.

En ce qui me concerne, c'est l'enfer.

C'est ici que j'ai perdu mon cœur et ma virginité. Sans parler de tous mes proches. Mes parents. Mon oncle.

Et Alex.

Le garçon que j'aimais. L'homme qui m'a brisée.

Il ne reste plus personne ici, pour moi. Ma famille, tous sont morts. Et Alex est parti depuis longtemps.

Moi aussi, je me suis enfuie, impatiente d'échapper au poids du deuil et à l'aiguillon de la trahison. Je me suis juré de ne jamais remettre les pieds ici.

Et je croyais résolument que rien ne me ferait revenir.

Or à présent, dix ans plus tard, me revoilà, ramenée en enfer par les fantômes de mon passé.

MON ANGE DÉCHU
MON DOUX PÉCHÉ
MA CRUELLE RÉDEMPTION

J. Kenner (alias Julie Kenner) est une auteure de best-sellers internationaux figurant aux classements des journaux *New York Times*, *USA Today*, *Publishers Weekly* et *Wall Street Journal*. Elle a écrit plus d'une centaine de romans, de romans courts et de nouvelles dans toutes sortes de genres littéraires.

Selon *Publishers Weekly*, JK est une auteure qui a un « don pour le dialogue et la création de personnages excentriques », et le *RT Bookclub* estime qu'elle a su « répondre aux besoins du marché en créant des anti-héros scandaleusement attirants et dominateurs, et des femmes qui fondent pour eux. » Six fois finaliste de la prestigieuse récompense RITA (*Romance Writers of America*), JK a remporté son premier trophée RITA en 2014 pour son roman *Claim Me* (tome 2 de sa trilogie *Stark*) et le second en 2017 pour son roman *Wicked Dirty*. Elle a vendu des millions de livres, publiés dans plus de vingt langues.

Au cours de sa précédente carrière, JK a exercé comme avocate en Californie du Sud et au Texas. Elle vit actuellement dans le centre du Texas, avec son mari, ses deux filles et deux chats plutôt lunatiques.

Visitez son site web pour en savoir plus et pour entrer en contact avec JK sur les réseaux sociaux !

www.jkenner.com

Bulletins d'information de JK

Abonnez-vous à la newsletter de l'édition française de JK pour des informations sur les sorties en français, les apparitions en France, et plus encore. Cliquez ici pour vous abonner afin de ne rien manquer!
Newsletter en français:

https://www.juliekenner.com/nouveaux-livres/

www.ingramcontent.com/pod-product-compliance
Lightning Source LLC
Chambersburg PA
CBHW071259190726
48292CB00007B/2607